사랑은 행동이다

이노비즈협회장 성명기의
삶과 사랑 이야기

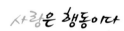

성명기 지음

1판 1쇄 발행 | 2018. 9. 18

발행처 | **Human & Books**
발행인 | 하응백
출판등록 | 2002년 6월 5일 제2002-113호
서울특별시 종로구 삼일대로 457 1009호(경운동, 수운회관)
기획 홍보부 | 02-6327-3535, 편집부 | 02-6327-3537, 팩시밀리 | 02-6327-5353
이메일 | hbooks@empas.com

ISBN 978-89-6078-671-4  03800

이노비즈협회장 성명기의
삶과 사랑 이야기

# 사랑은 행동이다

성명기 지음

Human & Books

## 차례

# 행동하는 사랑에 한번 빠져보시길

이노비즈협회 성명기 회장이 『사랑은 행동이다』라는 책을 낸다고 추천사를 부탁했다. 한사코 고사하다가 정 쓸 사람이 없으면 한번 해보겠다고 하고 몽블랑 둘레길을 도는 배낭여행을 떠났다. 고백하건대 나는 추천사가 있는 책을 좋아하지도 않거니와 이런 글을 쓰는 분은 어떤 분일까 궁금해 하는 일족이다. 그런데 추천사라니 나 같은 삼류 문사에게 부탁하는 심사가 고맙기는 하나 한편으로는 불편하였다.

몽블랑은 유장하고 아름다웠다. 프랑스 샤모니에서 이탈리아로 해서 스위스를 거쳐 다시 샤모니로 돌아오는 170km 남짓한 길은 유럽인들의 사고를 살필 수 있는 좋은 기회였다. 스위스 기업이 만년필 뚜껑에 모시고 상품으로 만들어 팔기도 하는 몽블랑 둘레길은 피상적으로 느꼈던 그들을 생각해보는 소중한 노정이었다.

그런데 여행에서 돌아와 막걸리 한잔하는 자리에서 성 회장이 책으로 낼 파일이 담긴 USB를 주는 게 아닌가. 정신이 번쩍 났다. 말은 생명이요 주술이요 지령인 것이다.

연전에 우연히 대구에 있는 고등학교 온라인 모임에서 이노비즈 협회 성 회장을 만났었다. 그러다가 등산을 하는 실제 모임에서 만날 기회가 생겼다. 키가 훤칠하고 나이보다 젊게 보이고 옆에는 고운 분이 늘 동행했다. 사람들 앞에서 가끔 말씀을 하시면 재치가 반짝이지는 않으나 귓전에 그냥 지나치기는 어려웠다. 그 힘은 무엇일까, 음색이 호소력이 있고 무엇보다 진지하였다. 경기도 성남에서 기업을 경영한다는 것도 알게 되었다.

한 번은 누군가 조촐한 시회를 만들어보자는 제안을 했다. 그래서 달에 한 번 시집을 가려서 모인 분들이 돌아가며 시를 한 편씩 낭송을 했다. 혹은 회원들이 원하면 역사서나 수필집을 정해서 필자를 모시고 말씀을 듣고 궁금한 점을 질의하거나 글에 대해 자신의 생각을 말하는 자리를 만들기도 했다.

그 자리에 성명기 회장이 처음 왔을 때 인사차 혹은 격려차 온 것이려니 했는데 기우였다. 그는 해외 출장 같은, 피치 못할 일이 없는 한 모이는 날에 빠지지 않았다. 변명을 하지 않고 작은 일에도 성심을 다했다. 사람의 행위는 보이지 않는 저울[錘]이요 자[尺]인 것이다. 가진 것 없이 까칠하고 내세울 것 없이 목이 뻣뻣한 후배에게 추천사를 부탁하니 자못 부담이 되고 무겁지만 그러겠노라 응낙한 것은 이런 그의 덕화가 나를 움직였기 때문이다.

USB를 책상머리에 둔 지 며칠이 지나서 수십 년 만에 방문한 무더위를 감내하고자 한 토막을 보고자 했는데 다 읽어버렸다. 오래전 밤에 불도 지피지 않은 추운 골방에서 우연히 펼친 토마스 만의 「마의 산」을 읽다가 아침을 맞은 뒤로는, 참으로 오랜만의 일이다.

글의 앞뒤가 아귀가 맞게 교직된 것도 아니고 오금을 저리게 쪼그리고 앉게 할 재밋거리가 있는 것도 아니었다. 솜씨 좋은 미장이가 곱게 바른 벽 모양 책장이 쉽게 넘어가지도 않지만 글을 손에서 놓을 수가 없었다.

하나의 에피소드가 끝나면 다른 에피소드가 나와서 옷깃을 붙잡았다. 한 에피소드에 나온 인물이 다른 에피소드에 나와도 식상하지 않았다. 노름꾼의 부인인 그의 어머니, 얼음 속에 빠진 산행 동료를 구하는 선행(善行), 사고에서 도움을 받고도 감사할 줄도 모르는 철없는 인사, 『도전』과 『열정』에서 비치던, 어려움을 꿋꿋하게 감내하는 가족사 등 이런 것들이 가슴에 들어와서 보름달이 되었다.

글 자리를 펼치고서야 몇 년이 지나도록 동문회나 산악회를 통해 만

나면서 내가 먼산바라기로 그를 봤다는 것을 점차 알게 되었다. 그는 처음부터 그 자리에 오롯이 있었다. 그러나 내가 다니던 시절 세칭 이류에 불과했던 모교가 거듭나 보였다. 대구 남산동 야트막한 언덕을 오르내리던 기억의 잔재는 어느새 빛나는 훈장이 되었다.

성 회장은 여러 고비를 넘기며 살아온 사람이다. 서른 남짓한 때 위암 수술을 받고 삼십여 년째 암과 사귀고 있다. 아픈 가족사도 있었다. 그러나 가족 각자 받은 소명에 감사하며 순명하는 모습은 감히 누구나 그럴 수 있지 않느냐는 시선으로 바라보는 것을 부끄럽게 하였다.

성 회장 개개인의 내면에 있는 무한한 능력이 두뇌폭풍을 통해 발현되기를 바란다. 기업의 혁신을 통해 이윤을 창출하고 그게 가난한 이웃에게 베풀어지기를 갈망한다. 그 이웃은 가깝게는 우리 겨레요 멀리는 살림살이로 잠시 우리보다 못한 동남아시아 여느 나라의 인사요, 아프리카에 사는 이들이다. 어느 곳에서는 맑은 물을 마시게 하는 보시요, 어떤 곳에서는 무명의 삶을 깨치게 하는 도서실 건립에 있기도 하다.

성 회장은 행동하는 사람이다. 개인적으로는 설악산 암벽이나 북한산 인수봉 벼랑 끝에 매달리는 것을 즐기는 사람이요, 산이나 강이나 길에서 위태로움을 감내하고서라도 생명 돌봄을 우선시한다. 진보와 보수의 경계를 넘어 사람을 먼저 생각한다. 모쪼록 양양한 그의 행보가 지구별 곳곳에 면면하기를 감히 바란다.

사족을 붙인다. 나는 성 회장의 고등학교 4년 후배요 늦깎이 삼류 시인이다. 일천한 내게 추천의 글을 부탁한 그의 마음 밭을 돌아본다. 가던 이, 그의 글 향기에 취한 벌, 나비 되어보시기를 기대한다.

2018년 여름

조성순 삼가

사랑은 행동이다

# 창백한 푸른 점

　나의 세 번째 책 『사랑은 행동이다』가 간신히 책 모습을 갖추고 세상에 나왔다. 이노비즈 협회장으로 바쁜 일정을 소화하면서 글을 쓰려다 보니 산고의 고통이 가장 심했다.

　전자공학을 전공한 기업인이 짧은 어휘력으로 그동안 '도전'과 '열정'이란 제목으로 책 두 권을 썼었다. 글을 직업적으로 쓰는 작가가 아니라서 얼마 전에 과거를 되새김질하는 의미에서 내가 쓴 책을 다시 읽어봤더니 역시나 수준 낮은 글로 인한 부끄러움이 글의 내용보다 먼저 다가옴을 느꼈다. 그렇지만 다른 측면으로는 기업경영으로, 협회장으로 바쁜 가운데서 썼던 책이라 내 삶의 버킷리스트 중 한 가지(평생에 책 두 권을 쓰겠다.) 목표는 달성하였고, 오래전에는 내가 이런 생각을 하고 있었구나 싶어서 뿌듯해지기도 했다.

그런데 나의 두 번째 책 『열정』의 추천사를 써준 벗이 나에게 '사랑'이란 주제로 책 한 권을 더 쓰는 게 어떠냐고 충동질했다.

책 두 권을 쓰면서 받았던 정신적 고통이 너무 심했기에 한 권의 책을 더 펴냄에 대하여 강력한 거부의사를 표시했던 나에게 벗은 이렇게 말했다.

"자네가 쓴 글의 밑바닥에는 인간 사랑이 깔려 있어."

그 이후에도 몇 분의 지인이 '사랑'으로 책을 한 권 더 쓰라고 권유를 하는 바람에 마음을 추슬러서 다시 글을 쓰기 시작했다. 글을 쓰는 건 힘들지만, 내 삶을 아우르는 사랑을 주제로 낸 책으로 인하여 우리 세상이 조금이라도 더 따뜻해졌으면 좋겠다는 생각으로 힘을 내가며 조금씩 틈날 때마다 써 나갔다.

이 책에 담긴 글의 내용은 내가 세상을 살아가면서 실제로 겪었던 경험을 글로 쓴 것이다. 그리고 여기에 있는 글의 대부분은 아내를 포함해서 가까운 지인(산악부 선후배, 벗, 사회 선후배)들이 곁에 있으면서 지켜봤던 내용들이다. 교정에 교정을 수십 번 거듭하면서 과장을 하지 않고 사실에 준하여 이성적으로 글을 정리하려고 노력했다.

사랑은 행동이다

이 책은 보편타당한 사랑에 대한 내용은 아니기 때문에 어떤 독자들은 읽으면서 부정적으로 반응할 수도 있을 것이다. 기업체 경영자이고 가족도 있는 사람이 왜 그렇게 위험한 짓을 하느냐고 생각할 수도 있을 뿐만 아니라 종교나 가치관에서 나하고는 전혀 다른 생각을 하시는 분도 있을 것이다.

그러나 『사랑은 행동이다』를 읽는 분들이 내가 '느낀 사랑' 혹은 '행동으로 옮긴 작은 사랑'을 '그 괜찮은 일이군.' 혹은 '이런 행동도 사랑이구나.' 하고 맞장구를 쳐주신다면, 그것만 가지고도 내가 책을 펴낸 의미는 충분하다. 지금 이 순간에도 일부 종교와 독선적 이데올로기는 우리가 사는 지구촌을 위기와 공포에 빠뜨리고 있다. 가치관이 다르고 해서 서로 증오하고 그 증오를 행동에 옮겨 피비린내 나는 살육 행위를 하는 세력 혹은 사람들도 있다. 그게 정상이고 인간다운 짓인가? 대의(大義)를 위해서 작은 것을 희생한다고 해도 그들에게서 인간적인 따뜻함을 찾아보기 힘들다. 오히려 작은 사랑, 가령 이웃과 가족과 친구들에 대한 사랑이 충분하다면, 그것을 사회로 확대시켜나가야 하는 것이 아니겠는가? 나는 철학자도 아니고 글 쓰는 문인도 아니지만, 내가 생각하는 작은 사랑을 행동으로 옮기고자 노력했던 사람이라고 자부하고 싶다. 그런 작은 사랑에 대하여 이 책을 읽으시는 독자 중에 몇 분이라도 동의해 주신다면 나의 사랑은, 그리고 내 책은 충분히 의미가 있다고 생각한다.

내 어머니는 사람을 사랑하는 방법을 보여주셨다. 자식들을 교육시키기 위해 특별히 의도적으로 하는 행동이 아니었다. 그냥 어머니는 하시던 대로 했고, 나는 자연스럽게 어머니의 사람 사랑하는 법을 배웠다. 그게 나에게는 가장 기억에 남는다. 그것이 자식교육 방법이 아니고 무엇이랴!

2권 『열정』에 나오는 어머니의 인간사랑 이야기를 언급하겠다.

"명기야! 지금 자지 않고 있으면 부엌에 잠시 나오너라."

고등학교 1학년 겨울방학 때였다. 길고 긴 겨울방학 동안 실컷 놀다가 개학을 앞두고 방바닥에 엎드려서 밀린 방학숙제를 하다가 어머니의 부르심으로 부엌에 갔을 때는 밤 11시가 훨씬 넘은 시간이었다. 아버지는 자식들에 대한 교육비는 말할 것도 없고 생활비까지 보태지 않았고 어쩌다가 돈이 생기면 노름판으로 쫓아다니는 판이라 어머니는 생활비와 다섯 자녀의 교육비를 힘들게 혼자서 감당하셨다. 낮에는 교동시장에서 옷가지와 미군부대에서 흘러나온 외제 화장품을 외상으로 구입해서 조금이라도 아는 분을 찾아다니시면서 일종의 방문 판매를 했고, 원대오거리 부근에 있는 정구지('부추'의 경상도 사투리)밭을 택지로 개발 허가를 받아서 집 짓는 것 감독하기 등등, 여자로서는 감당하기 힘든 일을 감내하셨고 저녁에는 일수도 하셨다. 일수는 사금융의 일종으로 돈을 빌려주고 100일 동안 매일 원금의 1/100과 약정된 이자를 더한 금액을 받는 것인데, 수익률은 높았지만 매일 돈을 받으러 다녀야 하는 번거로움이 있었고 또 떼일 위험도 많았기에 툭하면 누가 돈을 떼먹고 도망갔다는 이야기를 하면서 힘들어 하시곤 했다. 마침 어머니는 그날의 마지막 일정으로 일수대금 수금을 끝내고 와서 나를 부르신 것이었다. 부엌에서 어머니는 그 시간에 누구에게 갖다 주시려는지 식은 밥을 뜨거운 물에 말아서 양푼이에 담고 김치와 두, 세 가지 반찬을 챙기셨다. 지금이야 뜨거운 물은 항상 있는 것이지만 그때는 연탄불에 올려서 물을 끓여야 했으니 시간이 제법 걸렸던 것으로 기억된다. "따라오너라." 그때 우리 집은 대구 원대오거리 부근의 우리 소유의 정구지 밭에 대지 50평에 건평 30평 규모의 서민주택을 계속해서 짓고 있었다.

아버지께서 가정을 거의 돌보시지 않으셨기에 어머니께서 5명인 자식들 학비까지 감당하면서 집안을 이끌어 가시다 보니 여윳돈이 거의 없어서 매번 집을 한두 채 만들어 팔고, 집이 팔리면 또 다시 한두 채를 만들어 팔았다. 그나마 다행이었던 것은 그 정구지 밭이 우리 소유라서 집 지을 땅은 확보되어 있었다는 점이었다. 그렇게 지은 집 한 채에 우리 가족이 살았는데 집을 사겠다는 분들은 주인이 사는 집을 제일 튼튼하게 지었을 거라고 생각해서인지, 꼭 주인이 살고 있는 집을 사고자 했다. 때문에 어떤 때는 한해에도 두세 번씩 신축한 집으로 이사를 가야 했다.

그때는 겨울이 되면 요즘에 비해서 무척 추운 날이 많았는데 방한복이라고는 오리털 파카 같은 것은 없고 나일론 천속에 얇은 스펀지를 넣은 게 일반적인 제품이었다. 난방도 요즘 같지 않게 아랫목만 따뜻한 집이라서 겨울이면 형제들이 하나같이 아랫목에 발을 넣고는 지냈고 또 옷도 그러하니 지구온난화의 영향만이 아니라 하더라도 그때는 지금보다 겨울이 훨씬 춥게 느껴질 수밖에 없었다.

스펀지 방한복으로 겨울의 매서운 추위를 견디며 어머니를 따라나서는데 어머니께서 하시는 말씀이,

"우리가 새로 집짓는 데서 어떤 거지가 가마니를 덮고 자고 있더라. 추워서 덜덜 떨고 있는 소리가 지나가는데 들리기에 뜨거운 것이라도 조금 먹여야겠다. 저러다 영하의 추위에 얼어 죽으면 우짜노?"

나는 소반을 들고 추위에 벌벌 떨면서 전등을 들고 앞장서서 가시는 어머니를 따라 나섰다. 집은 신축하다가 겨울의 매서운 한파로 중도에 그만둔 상태라 문짝도 없고 벽도 완전하지 않았다. 그러니 한데의 추위가 바람을 제외하고는 그대로 전달될 수밖에 없는 곳이었다.

우리 발자국 소리를 듣고는 거지가 부스스 일어났다. 가마니 한 장을 깔고 또 한 장을 덮은 거지는 얼마나 추웠는지 이빨이 따다닥 하면서 부딪치는 소리가 내 귀에도 들려왔고 머리는 산발을 한 채

사랑은 행동이다

로 입고 있는 옷은 땟물에 절어 있었다. 거지 중에서도 완전 상거지 행색이었다. 얼마나 더러운지 어머니가 함께 가지 않았다면 나는 무서워서 그런 거지 근처엔 절대로 가지 않았을 것이다.

거지는 소반을 받아 들자 뜨거운 물에 만 상당히 많은 양의 밥과 반찬을 정신없이 먹었다. 나는 그 거지를 보면서 '세상을 이렇게 힘들 게 살아가는 사람도 있구나.'라는 생각을 하면서, 우리가 저런 꼴을 면한 것도 다 어머니 덕분이라는 생각, 나아가 이런 거지에게도 온정을 베푸는 어머니의 자애로움에 대한 존경심 등 몇 가지 생각이 머리를 스쳐 지나갔다.

어머니는 밥을 먹고 있는 거지를 보면서 "우째 이렇게 어렵게 사노?" 하시면서 혀를 차셨다. 한참 성장기 나이인 나에게 당시의 어머니가 보여주신 모습은 일종의 충격이었다.

당시에는 어머니가 불러서 그냥 추운 날씨에 이끌려 나갔고 불쌍한 거지가 밥 먹는 것을 보고 있었던 것이었지만 지나고 나서 생각하니 어머니께서는 항상 어려운 사람을 그냥 지나치지 않는 따뜻한 마음을 가지고 계신 분이셨다.

그로부터 2년 남짓 지난 후,

어머니는 생활전선에서 죽기 살기로 뛰어다니시면서 옷가지와 화장품을 팔아도 생활비와 자식들 교육비 마련이 어렵자 서문시장에서 멀지 않은 곳에 빚을 내서 직업소개소를 차리기로 결정하셨다. 직업소개소에는 고물 진공관 라디오가 설치되어 있었는데, 그 진공관 라디오는 내가 고물상에서 고장 난 제품을 싸게 구입해서 집에서 수리해서 설치했던 때문인지 툭하면 부품의 여기저기서 고장이 나곤 했다. 고장이 나면 주말이나 방과 후에 내가 직접 수리하러 갔는데, 직업소개소가 다방 아가씨를 소개해 주고 수수료를 받는 것이 주 수입원이라서 매번 갈 때마다 일자리를 구하려는 아가씨들이 좁은 방에 가득했다. 그 아가씨들은 일자리가 생길 때까지 담배도 피우고 소주도 한잔하면서 화투놀이로 무료함을 달래는 것이 보통이었는데, 나는 그들을 대할 때면 야릇한 향수와 어우러진 여자 살냄새에 부끄러워서 고개도 못 들고 라디오에만 매달려 고쳐주고 나오곤 했다.

그런데 가게를 오픈하고 이삼일 후 동네 양아치 패거리들이 가게를 찾아와서는 어머니를 겁주면서 돈을 뜯어 가려고 하는 일이 발생했다. 완력으로 밀어붙이는 양아치들이라 얼굴이 하얗게 질린 어머니는 어떻게 하지도 못하고 쩔쩔매고 있었다. 바로 그때였다.

"아지맨교?"

갑자기 양아치 무리 중에 나잇살이나 제법 먹은 왕초 급이 어머니를 아는 체했다고 한다.

어머니는 누군지 몰라서 멀뚱하게 쳐다보고 있는데, 그 사람이 말하더란다.

사랑은 행동이다

"아지매! 제가 재작년 추운 겨울에 원대동 아지매 집에서 밤에 밥 얻어먹었던 놈입니다."

그러고는 함께 온 동료들에게 말했다.

"야들아! 그냥 가자. 이 아지매는 내가 존경하는 분인데, 여기서 깽판 치면 안 된다."

그러면서 무리를 이끌고 나갔다고 한다. 양아치 무리들의 위협에 단단히 혼이 난 어머니는 구세주라도 만난 양, 고마움에 주머니에 있는 몇 천 원을 억지로라도 주려니까 한사코 마다했다.

"아지매! 이러지 마소! 저를 인간 취급 해준 분이 바로 아지맵니더."

그날 저녁에 어머니는 그 이야기를 하시면서 내게 말 했다.

"세상에 남에게 베풀어서 손해 보는 일 없다는 말이 사실이더라."

그러면서 안도의 숨을 내쉬었다. 그날 이후 어머니 가게에는 그런 친구들이 근처에도 얼씬대지 않았다고 하니 어머니의 따뜻함이 보답으로 돌아온 예라 할 것이다.

따뜻한 밥 한 끼가 다른 보답으로 돌아왔다는 그 사실이 중요한 것이 아니라, 사람을 대하는 태도, 힘들고 어려운 사람들을 돕겠다는 측은지심, 이런 것이 어머니께서 몸소 보여주신 자식 교육이었다는 것, 그 교육이 오늘날 나의 자양분이 되었다는 사실이 더 소중한 것이었다.

나는 어머니의 말씀이 아니라 행동으로 사랑을 실천하시는 모습을 보면서 자랐고 특히나 추운 겨울날 거지를 도와주었던 그 일로 인하여 어머니가 도움을 받았던 이야기를 기억하면서 아프리카 케냐와 인도네시아 시나붕 화산마을까지 사랑을 실천하는 마음을 배웠던 것 같다.

지금 우리는 종교가 지배하는 세상에 살고 있다. 큰 교세를 가진 종교단체에서 집계한 총 신도 수는 전 세계인구보다 훨씬 더 많다고 하니 집계되지 않은 소수종교까지 포함하면 종교가 세상을 지배하고 있다고 해도 과히 틀린 표현은 아닐 것 같다. 그렇다면 종교를 가지신 분들은 종교의 참 진리가 무엇인지 한 번은 더 생각해 봐야할 일이다.

얼마 전 어떤 독서토론 모임에서 주제로 정했던 책이 우주와 과학에 대하여 아름다운 도해까지 곁들여서 알게 쉽게 쓰인 리처드 도킨스의 『현실, 그 가슴 뛰는 마법』이었다.

이 책은 블랙홀, 무지개 분광기술로 수십 억 년 너머에 있는 별의 존재와 별의 성분을 알아내는 것과 자연에서 발견된 다양한 화석으로 진화론이 증명되어 가는 과정 등을 설명하고 있었다. 내가 우주와 과학의 신비로움에서 기업의 혁신적 성장 동력을 찾아보자는 생각으로 이 책을 선정했고 나의 의도대로 책을 읽고 독서토론회에 참석한 분들의 다양한 의견이 나왔는데…

갑자기 토론회에 참석한 한 분이 반론을 제기하셨다. 그 분은 "하나님이 이 세상을 창조했다고 성경에 분명히 나와 있는데 창조가 아니고 진화라고요? 미생물에서 바다의 생명체가 되고 물고기가 진화해서 육지생물이 되고 육지 생물 중에 인간이 만들어졌다고요? 그런 터무니없는 거짓말이 어디 있습니까?"

이런 반론으로 독서토론회는 상당히 어색한 분위기가 되었다. 과학서적으로 독서토론회를 하던 도중에 갑자기 창조론과 하나님의 말씀에 대한 강의를 듣는 시간이 되었고…

여기서 나는 과학과 종교라는 양립할 수 있는 개념을 이야기하면서 과학을 통한 사랑의 개념을 논하고자한다.

인간은 자연현상(예를 들면 오로라, 개기일식, 혜성, 무지개, 공룡화석)을 보고 왜 이런 현상이 생기나 하는 의문을 가진다. 과학자는 상상력을 통해 이를 유추하는 가설(상상)을 제기한다. 이 가설은 세월이 지나면서 다른 과학자에 의하여 증명이 되기도 하고 때로는 증명과정에서 엉터리로 판명되면서 폐기되고 새로운 가설이 나오기도 한다. 즉 공룡이 왜 멸종했는가? 아프리카 서부와 아메리가 동부의 헤안선이 왜 들어맞는가? 혜성은 왜 이상한 궤적과 꼬리를 끌고 가나? 태양이 지구를 도는 게 맞는가?

이런 수많은 의문들을 과학자들은 제기하고, 그 답을 찾으면서 가설을 세운다. 이런 과정에서 태양이 지구를 도는 게 아니라 지구가 태양을 돈다는 '지동설'과 같은 가설이 나오고, 이 가설은 증명하는 과정을 거치면서 신뢰할 수 있는 이론, 즉 정설이 되고 마침내 교과서에도 실리게 된다.

이에 반하여 종교는 바로 그 종교를 신봉하는 분들이 진리라고 생각하면서 믿는 믿음 그 자체이다. 타 종교를 믿는 분에게는 이를 증명할 어떤 수단도 존재하지 않는다. 예를 들면 힌두교의 모든 물성(코끼리, 사자, 원숭이, 바위, 태양, 달 등)에는 신이 존재한다는 교리나, 조로아스터교에서 불의 신 그리고 크리스천이 이야기하는 하나님의 독생자이신 예수님, 불교에서 이야기하는 극락세계를 관장하는 부처님과 같은 존재를 어떻게 다른 종교를 믿는 분에게 증명을 할 수 있을까? 내가 믿는 종교 속의 신만이 진짜임을, 혹은 타인의 종교의 신이 가짜임을 증명할 수 있을까? 아주 드물게 성공하는 경우가 있겠지만 대부분은 실패로 끝나고 잘못하다가는 따귀라도 얻어맞기 십상이다.

한 종교 내에서는 불합리한 일이 벌어져도 같은 종교를 믿기에 용인될 수 있는 일들도 있다. 가령 중세시대 지동설을 주장한 선각적 과학자인 조르다노 브루노를 이단으로 판정하거나 수 만 명의 멀쩡한 여성을 마녀라는 낙인을 찍어, 하나님의 이름으로 화형시킨 행위가 종교적인 관점에서는 용납될 수 있었던 것이다.

나는 지금 여기서 종교는 틀리고 과학은 옳다는 이야기를 하는 게 아니다. 종교와 과학은 그 출발점부터 다르다는 점을 말하고 있다. '가설과 반복적인 증명'이 과학이고 종교는 '믿음'인 것이다.

사랑은 행동이다

여기서 말을 바꾸어 어머니 이야기를 한 번 더 하겠다.

어머니는 일제 강점기에 교육을 받았던 분으로 팔십이 다되신 나이에도 일본여행을 가서서 일본어로 대화가 가능했던 분이었다. 외할아버지께서는 외출할 때 쓰고 나가시던 갓을 보관하는 보관함에 태극기를 그려놓고 어린 자식들(나에겐 어머니, 외삼촌, 이모)에게 '저게 우리나라 태극기'라고 교육을 시키신 분이다. 딸도 교육을 받아야한다는 열린 마음을 가지신 분이라서 어머니도 학교 교육을 제대로 받으셨다(외할아버지의 갓 보관함의 태극기는 내가 초등학교 다닐 때도 그대로 있어서 막내 이모님이 갓에 그려진 태극기를 가리키며 외할아버지가 말씀하셨던 이야기를 들려주곤 했다.).

어머니는 한자와 한글이 혼용된 신문도 읽으셨던 분인데 내가 신문의 한자를 잘못 읽는 것을 보고 초등학교 시절부터 저녁에 한자를 가르치셨다. 돌아가시기 2~3년 전에도 스티븐 호킹 박사의 우주와 블랙홀에 대한 이야기를 자식들과 나눌 정도로 해박한 지식을 가지셨던 분이다.

어머니는 독실한 불교신자였지만 신문과 책을 통해서 많은 정보를 얻은 덕분인지 종교에 대해서 조금 특별한 가치관을 가지셨다. 그 특별한 종교관이란 "종교는 착하게 살기 위한 방편으로 믿어야지 그 교리나 책에 쓰인 내용 그대로를 절대적으로 믿는 것은 옳은 종교인이 아니다."라는 것이었다.

세상에 기독교, 천주교, 이슬람, 힌두교, 불교 외에도 무수히 많은 소수 종교들이 있다. 하지만 어느 종교도 자신의 종교가 과학처럼 '진실'임을 증명하지는 못한다. 단지 믿는 사람이 그렇게 믿을 뿐이다.

한 종교에서 이야기하는 교리가 절대적인 진리라면 지금 세상은 그 종교로 대부분 통합이 되었을 텐데 전혀 그렇지 못한 것은 종교란 믿음의 방편이기 때문이다.

즉, 자신 스스로가 세상을 선하게 살고, 어렵게 사는 사람을 사랑의 마음으로 불쌍하게 생각하고 도와주는 사람이 참 종교인이라고 나는 믿는다. 종교는 그렇게 살도록 가르치는 것이기에 비록 어떤 종교의 신을 믿지 않더라도 종교의 가르침은 얼마든지 받아들일 수 있다.

"나는 평생을 부처님에게 의지하고 있고 일본이나 네팔, 부탄 같은 나라도 불교가 융성하고 있지만, 불교의 발생지 인도에서는 불교는 자취만 있을 뿐 힌두교도가 대부분이고, 기독교, 천주교, 이슬람, 유대교, 조로아스터교, 유교 등등 이루 셀 수 없이 많은 종교가 각각의 영역을 가지고 있다는 것은 어느 종교도 절대적인 진리가 아니라는 의미이다."라고 생각하셨던 게 어머니의 종교관이다. 그러다보니 나도 어머니의 종교관에 젖어 들어서 특정 종교는 믿지 않아도 교회나 성당이나 절에 가서 행사에 참석(예를 들면 교회에서의 결혼식)하면 그냥 경건한 분위기에 동화되어 사이비 신자노릇도 잘한다.

그러다보니 우리 형제들 중에서도 누님은 천주교, 남동생과 여동생은 불교, 막내와 나는 종교가 없고 집에 들어온 새 식구(며느리, 사위)와 자녀들도 불교, 기독교, 천주교 등… 힌두교와 이슬람교를 빼고는 골고루 있다. 거기다가 아들 내외는 성당에 다니기에 결혼식을 동네에 있는 조그만 천주교 성당에서 했다.

나는 초등학교에서부터 대학까지 중학교만 빼고 기독교와 천주교 재단의 학교를 나왔기에 성경 속의 사마리아인에 대한 비유를 좋아한다. 왜냐하면 참된 인간사랑 이야기이기 때문이다. 그래서 누가 나의 종교를 물으면 무교란 의미에서 사마리아인이라고 말한다. 내가 성경 구절을 인용한다고 특정 종교에 편향된 시각으로 바라보지 않기 바란다.

왜냐하면 나는 교회와 성당, 절 그리고 인도의 힌두교 신전, 심지어는 인도 배낭여행에서 터번을 두른 시크교의 성전에 들러서도 종교의 참 진리인 사랑을 알기에 머리 숙여 경배하고 경의를 표했다.

종교는 자신의 영혼을 평온하게 하는, 스스로 착하게 사는, 그리고 남을 나만큼 소중하게 생각하는 방편으로 생각해야 한다. 종교가 지고지순한 최대의 절대선이라고 생각하는 사람들 때문에 오히려 세상에는 싸움이 끊이질 않는다. 세상을 죽음의 공포에 몰아넣고 있는 것도 종교라는 이름으로 자행되는 경우가 많다. 죽음을 부르는 종교는 나 외에 다른 신은 모두 거짓이라는 유일신 개념으로 무장한 것이 특징이기도 하다. 지금 이슬람의 특정 종파가 저지르는 테러로 인하여 우리나라를 포함해서 서구의 많은 나라들에게서 비난을 받고 있다. 중세에는 있지도 않은 마녀사냥으로 수 만 명의 여인들을 불에 태워 처형을 한 것도 천주교가 종교의 이름으로 행한 악행이었다. 십자군이라는 미명하에 얼마나 많은 사람들이 죽고 죽임을 당했던가? 거기다가 십자군 전쟁에 참전하던 병사들은 자신의 아내가 바람을 피우는 것이 두려워 철로 된 정조대를 채우는 만행도 저질렀다. 드라큘라라는 이름으로 유명한 루마니아의 공국의 지도자는 오스만 투르크 병사 수 천 명을 산채로 창에 꿰어 죽였다.

세상 이치는 인과응보로 돌아간다. 사랑에는 사랑, 칼에는 칼로 맞서는 것이 세상 이치다. 현대에 와서 힘의 균형에서 밀리기 시작한 특정 이슬람교도들은 결국 마지막 선택으로 무자비한 테러를 택했다. 하나님과 부처님 그리고 알라가 말씀하신 '사랑'과 '자비' 같은 절대 선은 어디가고, 엄청나게 많은 사람들이 종교의 이름으로 죽어가야 하는지를 생각하면 가슴이 아프다.

어머니께서는 우리에게 이렇게 말씀하셨다.

"너희들은 종교를 교리로 믿지 말고 그분들이 말씀하신 절대선인 사랑과 자비로 세상을 바라보아라. 사랑과 자비로 세상을 볼 눈을 가지고 있다면 그게 기독교, 천주교, 불교 이슬람을 믿거나 안 믿는 것이 무슨 의미가 있겠나?"

종교란 그게 사실인지 아닌지 만인이 공감할 방법은 없다. 문제는 객관적인 증명이 될 수 없는 종교적 내용으로 서로 다른 종교를 가진 분들이 토론을 하면, 토론이 끝날 때까지 답은 없고 토론한 분들 뿐만 아니라 그 자리에 있는 모든 사람에게 정신적 불쾌감만 주게 된다. 마치 정치 성향이 사람들이 모임에서 죽자고 토론하는 것처럼…

나는 우리가 서로를 사랑하고 따뜻함으로 배려하면서 세상을 살았으면 하는 작은 소망에서 이 책을 출간하기로 마음먹었다.

천문과학자인 칼 세이건(Carl Sagan)은 나사(NASA)를 설득해 미국의 우주탐사선 보이저 2호가 해왕성 궤도 외곽을 지날 때 지구 쪽으로 카메라를 돌려 사진을 찍도록 했다. 전파를 타고 지상의 수신기에 전송된 이미지들은 완성된 사진으로 재구성되었다. 지구는 이 사진에서 광활한 우주공간에서 눈에 보일 듯 말듯 한 작은 점으로 존재했다. 칼 세이건은 이 사진을 보고 '창백한 푸른 점(The Pale Blue Dot)'이란 시를 읊었다.

The Pale Blue Dot(창백한 푸른 점 지구)

여기가 우리의 보금자리이고 바로 우리입니다.
이곳에서 우리가 사랑하고, 우리가 알고, 우리가 들어봤으며
지금까지 존재한 모든 사람이 살았습니다.

•밤을 수놓은 은하수

우리의 기쁨과 고통

우리가 확신하는 수 천 개의 종교와 이념, 경제체제

모든 사냥꾼과 약탈자들, 모든 영웅과 겁쟁이

문명의 창조자와 파괴자, 모든 왕과 농부

사랑은 행동이다

사랑에 빠진 젊은 연인들

모든 어머니와 아버지, 촉망받는 아이

발명가와 탐험가

모든 스승과 부패한 정치인들

모든 Superstar

모든 최고의 지도자들

역사 속의 모든 성인과 죄인들이

태양 빛 속에 떠다니는 저 작은 먼지위에서 살다 갔습니다.

지구는 코스모스(COSMOS, 우주)라는 거대한 극장의 아주 작은

무대입니다.

그 모든 장군과 황제들이 아주 잠시 동안

저 점의 작은 부분의 지배자가 되려 한 탓에

흘렸던 수많은 피의 강을 생각해보십시오.

저 점의 한 영역의 주민들이

거의 분간할 수도 없는 다른 영역의 주민들에게

끝없이 저지른 잔학행위를 생각해보십시오.

그들이 얼마나 자주 불화를 일으키고

얼마나 간절히 서로를 죽이고 싶어 하며

얼마나 강렬히 증오하는지

우리의 만용, 우리의 자만심

우리가 우주 속의 특별한 존재라는 착각에 대해
저 창백하게 빛나는 점은 이의를 제기합니다.
우리 행성은 사방을 뒤덮은 어두운 우주속의
외로운 하나의 알갱이입니다.

칼 세이건은 이 시에서 광활한 우주에서 작은 먼지에 불과한 지구에
인간들이 같이 살면서 종교의 다름 혹은 자본주의, 공산주의, 사회주
의와 같은 이념의 차이로 서로를 미워하는 마음을 버리고 사랑으로 세
상을 바라보자고 했다.
사랑은 지고지순한 절대 선이다.
칼 세이건의 시에 공감하고 공감하지 않고는 독자들의 몫이다.

얼마 전에 우연한 자리에서 몇 명의 지인들과 막걸리 한잔 하면서 가
벼운 토론을 하는 자리가 있었다. 툭하면 거친 말투로 비난하길 즐기
는 한 술벗은 자신이 가진 편향된 시각으로 독설을 퍼부었는데, 나를
포함해서 같이 있던 벗들 중에 어느 누구도 자신의 말에 동의를 하지
않자 무슨 심술이 났는지 갑자기 감정적으로 돌아서서 주제와 상관없
는 내용으로 나에게 이렇게 말했다.
"지난 정부 때도 협회장을 하더니만 지금 또 협회장을 맡아서 하는
군. 권력에 대한 해바라기라고 해야 할까? 저러다가 정치하더라."

사랑은 행동이다

그렇다면 그 사람은 이노비즈 협회장이란 자리가 이 땅의 기술 혁신 강소 기업인들과 일자리를 구하는 젊은이들을 위하여 몸과 마음과 시간을 바쳐 봉사해야 하는 자리임을 잘 모르고 하는 이야기이다.

어쨌든 "정치에 뜻이 있는 것 아닌가?"라는 말이 너무나 쉽게 남을 비난하는 의미로 남용되는 세상에서 오해를 받기도 싫고 '사랑'을 주제로 쓴 책의 내용에 대한 진실을 혹시라도 다르게 보는 시각이 있을까 염려되어 이 책은 2018년 지방선거가 끝난 후에 펴냈음을 밝힌다.

2018년 가을의 초입에서

성명기

제1부

# 희숙 씨
# 이야기

# 희숙 씨 이야기

"희숙 씨! 표정이 왜 그래요? 무슨 안 좋은 일이 있었나 보네요."

"아니에요. 안 좋은 일 없어요."

회사가 뚝섬에 있을 때의 이야기이다. 가까이 있는 식당에는 조선시대의 맏며느리 같이 둥근 얼굴을 가진 후덕한 외모의 조선족 아주머니가 있었다.

우리가 식사하러 갈 때마다 항상 얼굴가득 환한 웃음으로 손님을 대할 뿐만 아니라 한국까지 와서 홀몸으로 어렵게 아들을 공부시키는 모습이 대단하다 싶어서 간혹 팁을 주곤 했었는데…

점심시간에는 한꺼번에 몰아닥치는 손님으로 인하여 얼굴엔 온통 땀방울이 맺히면서도 웃음을 잃지 않았던 그녀가 그날따라 어두운 표정으로 음식을 나르고 있기에 내가 물어본 말이었고 그녀의 답변이었다.

나도 세상 살만큼 살았고 고등학교 동문회장에 대학교 학부 동문회장까지 했었고 기업을 경영하면서 영업의 일선에서 직접 뛰었기 때문인지 많고 많은 사람을 만나면서 나도 모르게 생긴 사람에 대한 '촉'이 있다. 그랬기 때문에 희숙 씨는 쉽게 자신의 기분을 나에게 들켜버렸던 것이었다.

희숙 씨는 한국에 와서 대리운전, 공사판 막일 등 젊은 여성으로서는 쉽지 않은 일까지 하면서 억척스럽게 세상을 살았던 맹렬여성이지만 외모에서는 전혀 그런 어려움을 겪은 여인으로 느껴지지 않는 조선시대 미인스타일의 얼굴을 가졌다. 그녀는 친절했고 항상 밝은 웃음으로 손님을 대했기에 누구나 그녀를 편하게 생각했고 그 식당을 다녀오면 그냥 기분이 좋았다. 그랬던 터라서 나도 그녀에게서 지난날의 억척스런 삶의 이야기를 들었을 때는 믿기지 않았을 정도였다.

그런데 그녀에겐 아무에게도 이야기 하지 않은 비밀이 한 가지 있었는데…

이 비밀은 그녀가 나의 컨설팅을 받으면서 털어 놓았던 이야기이기에 그녀와 아들을 보호하는 차원에서 여기에서는 그녀 이름을 가명으

사랑은 행동이다

로 밝힌다.

고생이 되더라도 돈을 벌어서 잘 살아보려고 한국에 오다보니 젊은 나이에 외롭기도 했고 또 자신을 지켜줄 남자가 필요했기에 한국에 나와 있던 조선족 남자와 동거를 하게 되었고, 남녀가 같이 살다보니 아기가 생겼던 것이었다. 문제는 두 사람이 중국 국적이고 결혼도 하지 않은 상태에서 아기가 생기다보니 아기가 그만 무국적자가 되어 버린 것이었다. 국적이 없다보니 학교에 보낼 수도 의료보험과 같은 대한민국의 복지혜택을 받을 수도 없었다.

거기다가 같이 살던 남자도 국적이 없는 아기가 생긴 이후에 그것이 부담이 되었는지 훌쩍 중국으로 돌아가 버리면서 희숙 씨는 혼자서 애를 키우느라 힘든 삶에 내몰릴 수밖에 없었다. 하는 수 없이 그녀의 삶은 앞에서 언급한 것처럼 자신의 몸으로 할 수 있는 일이라면 공사판까지도 돌아다니면서 일을 해야만 했다. 딸린 아기로 인하여 그녀의 어려움은 말로 표현할 수가 없을 만큼 힘이 들었다. 거기다가 얌전하고 착하고 얼굴도 제법 곱상하게 생겼기에 공사판에서나 대리운전을 할 때나, 남정네들은 수컷의 본능으로 어떻게 해보려고 집적거리는 것이었다.

어느 날 노동판에서 홀아비로 막일을 하던 조선족이 아닌 한국 국적의 남자가 관심을 가져주었기에 그녀는 무국적자인 아들의 국적을 만들어주기 위해서 혼인신고를 하는 조건으로 그 남자와 같이 살게 되었다고 한다. 덕분에 그녀와 그녀의 하나 뿐인 아들은 한국 국적을 얻어서 학교에도 갈 수 있게 되었고 대한민국 사람으로서 사회복지 혜택도 누리게 되었다.

그런데 함께 살아가던 중 남자는 자기가 낳지 않은 아들에 대하여 부담을 느꼈는지 은연중에 싫은 내색을 하면서 외할머니가 있는 중국으로 보내라는 이야기를 자주 하곤 했다고 한다. 그러나 희숙 씨에게서는 한국에서 자신이 배 아파서 낳은 아들이 그 어떤 보물이나 남자보다 소중했고 힘들게 한국 국적까지 얻었기에 중국으로 보낸다는 것은 천부당만부당 한 이야기였다.

남편의 구박을 견디지 못한 그녀는 남편과의 이혼 서류에 도장을 찍어주었다. 다시 혼자가 된 그녀에게 고달픈 삶이 시작되었다. 그래도 하나뿐인 아들이 한국 국적을 취득해서 제대로 된 교육을 받을 수 있었기에 아무리 힘든 일도 힘든 줄 모르고 일했고 한 푼, 두 푼 모아서 다세대주택 반지하방을 전세로 얻어서 그 나름대로 행복을 느끼며 살았는데…

그녀가 털어놓은 안 좋은 일은 얼마 전에 청천벽력 같은 통보를 듣게 된 것으로 집주인이 빚을 갚지 못해서 연립주택 전체가 경매 처분된다는 통고였다. 은행이 1순위이고 희숙 씨는 후순위라서 방 한 개당 기본으로 주는 돈 외에는 받아낼 도리가 없다는 것이었다.

그녀는 눈물이 그렁그렁한 눈으로 이 이야기를 하면서 "제가 한국에 와서 힘들게 번 전 재산이 반 지하 전세방이고 아들과의 행복을 나누는 보금자리인데 아들하고 앞으로 어떻게 하면 좋을지 모르겠다."라는 것이었다.

한국의 전세 등기제도를 모르고 있다가 늦게 등기를 했기에 후순위로 밀려버린 것이 문제를 만들게 된 원인이었다. 이야기를 듣고도 마땅한 해결책을 낼 수도 없었기에 마음만 너무 아팠다.

그러다가 2~3일 후 갑자기 엉뚱한 생각이 떠올라서 점심때 식당에 갔다.

"판사님께 탄원서를 한번 쓰시는 게 어떨까요? 대한민국은 서민들의 아픔을 헤아려주려는 사회적 분위기가 있기 때문에 운이 좋으면 일부라도 건질지도 몰라요."

그런데 그녀의 반응은 상당히 부정적이었다.

인민을 위한다는 사회주의 국가인 중국에서도 그런 일이 생겼을 때 서민들을 배려해주는 것을 본 적이 없는데 자본주의 국가인 한국에서는 더욱 그럴 것이라는 게 부정적인 반응의 이유였다.

"그러면 방법이 해결될 수 있는 다른 대안이 없잖습니까? 돈 들어가는 것도 아니라서 밑져봤자 본전이니까 판사님의 심금을 울리는 탄원서를 써서 제출해 봅시다. 내가 초안을 잡아 드릴테니…"

거의 강압수준에 가까운 나의 종용과 도움으로 그녀는 마침내 탄원서를 제출했는데…

그 일이 있고나서 얼마 후 그녀에게서 전화가 왔다.

"판사님이 법원에 와서 진술하라는데 가슴이 벌벌 떨려서 정신이 없는데 어떻게 해야 할지 모르겠어요."

목소리가 떨리니까 조선족 특유의 사투리로 그녀는 그렇게 이야기했고…

나는 반가워서 이렇게 말했다.

"아이고! 잘 되었네요. 판사님 앞에서 잘 이야기 해보세요. 진술하라는 것은 판사님이 희숙 씨 탄원서를 읽고 해결 방법을 알아봐 주시려는 것이니까요. 한국 와서 온갖 궂은일 하면서 모은 피 같은 전 재산을 그냥 그렇게 날리면 안되지요."

나는 내 조국의 건강한 정신을 믿고 그녀를 격려했다.

그러고 나서 꽤 오랜 날이 지난 후 그녀에게서 전화가 왔다.

그녀는 금방이라도 울음이 터질 것 같은 목소리로, "사장님 감사합니다. 저의 전세 돈을 다 찾았습니다. 사장님은 저의 평생의 은인입니다."라고 하는 것이 아닌가.

다 찾았다니 반가우면서도 어떻게 된 일이냐고 자초지종을 물었더니 재판정에 가서 재판받는 원고와 피고 외에도 방청객이 엄청 많은데서 울음 섞인 목소리로 눈물을 펑펑 쏟으면서 진술을 했다고 한다. 들어보니 진술의 요지는 이랬다.

사랑은 행동이다

"제가 한국 와서 죽을 고생하면서 번 돈의 전부가 반 지하 전세보증금입니다. 반 지하방이지만 제게는 중학 다니는 아들과 둘이서 행복하게 사는 보금자리입니다. 이제 우리는 자유 민주주의 조국인 대한민국에서 길거리에 나앉게 되었습니다. 죄라면 제가 한국의 법을 잘 몰라서 전세등기를 늦게 한 것입니다. 판사님 불쌍한 우리 모자 한번만 살려주십시오."

이렇게 말하면서 애원을 했다는 것이었다.

결과부터 이야기하면 판사는 그녀의 진술이 끝난 후 채권은행의 담당자를 따로 불러서 불쌍한 여인과 아들을 살려놓고 보자고 설득을 했는데 고맙게도 채권은행 담당자가 상급 책임자에게 문의한 후 동의를 얻어 후순위 세입자인 희숙 씨의 전세보증금을 전액 선변제해주기로 했다는 것이었다.

전화 통화하면서 재판관과 채권은행 관계자가 너무 고마워지면서 나도 모르게 가슴이 뭉클해져서 전화통을 붙잡고 눈물을 흘렸다.

환갑이 넘은 이 나이에도 나는 눈물이 너무 많아서 탈이다.

지난번 세월호가 물속에 반 정도 잠긴 동영상을 뉴스로 보면서 베개를 적실 정도로 눈물을 흘렸는데…

아직도 내 조국 대한민국에 사랑과 따뜻한 정이 살아있다는 게 감동이었고 자랑스러웠다. 나의 별로 도움이 될 것 같지 않은 조언이 이렇게 감동적인 결과를 낳을 줄이야.

　그날 나는 온종일 행복 엔도르핀이 넘쳐서 하루를 보냈다.

　다시 행복을 되찾은 그녀의 중학생인 아들은 그 후 대학에 진학했고 중간에 자랑스러운 대한민국 국군으로 현역 복무도 무사히 마친 후 다니던 대학도 올해 초에 졸업했다는 소식을 들었다.

　희숙 씨의 경우를 생각하면서 나는 이런 교훈을 얻었다.

　"인생에서 부딪히는 아무리 심각한 문제라도 실낱같은 확률의 해결책을 생각했으면 그 해결책을 무조건 시도해봐야 한다. 시도도 해보지 않고 지레짐작으로 안 될 거란 생각은 패배자의 몫이다."

# 설악산 서북 주능에서의 저체온증

"아니 저 친구는 설악산을 어쩌면 저렇게 가볍게 생각하나?"

젊은 친구가 가랑비 내리는 10월 말에 트레이닝 복(Sweat suit)에 운동화를 신고 조그만 시브 색만 메고 설악산 서북 주능선을 뛰고 있으니 기가 막혀서 내가 혼잣말로 한 말이다.

몇 년 전 일이다.

단풍의 절정이 지난 11월 초에 모 단체의 CEO들과 한계령에서 시작하여 설악산 서북 주능선을 거쳐서 천불동으로 하산하는 코스로

• 설악산 서북주능에서 본 구곡담 계곡

등산을 갔다.

설악산의 날씨는 수시로 변하기에 하룻밤 묵을 장소로 소청대피소를 미리 예약했지만 혹시라도 생길 수 있는 악천후에 대비하여 우모복과 바람막이, 나침판, 비상약품과 헤드랜턴 그리고 비상식량까지 챙기다 보니 내 배낭은 동료들보다 훨씬 무겁고 클 수밖에 없었다.

학창시절부터 시작하여 40년 넘게 등산과 암벽등반을 하면서 종종 사고를 목격하거나 사고 관련 뉴스를 대하다보니 나만의 안전 노하우인 비상용품을 챙기는 것이 습관화 되어 있었다. 이번처럼 예전에 많이 가봐서 아는 코스인 경우에는 예외지만 설악산과 같은 바위산의 한 번도 안 가본 코스를 갈 때는 자일(로프)과 가벼운 암벽 장비까지 몇 개 챙기다보니 때로는 함께 등산하는 동료로부터 "그런 것 언제 쓴다고 그렇게 무겁게 가지고 다니느냐."라는 가벼운 핀잔을 듣기도 한다.

(그런데 10여 년 전 남설악 점봉산에서 처음 가본 등산코스를 가다가 안개와 쏟아지는 폭우로 인하여 주 등산로를 찾지 못하는 바람에 30미터나 되는 절벽을 자일하강한 경우도 있었는데 그때 비상장비로 챙겨간 자일이 없었다면 빗속에 절벽 부근에서 비박을 했거나 조난당했을 거라는 생각을 하면 지금도 가슴이 서늘하다.)

그러다보니 한계령 휴게소에서 서북주능선까지 가랑비가 부슬부슬 내리다가 그치기를 반복하는 길을 올라가는데 짐 무게로 인하여 가벼운 배낭을 멘 동료들을 따라잡기 벅차서 헉헉거리며 올라갔다. 서북주능선에 올라서서 잠시 땀을 식히면서 바라다본 실악 연봉은 역시 설악산이란 이름값을 제대로 하고 있구나 싶었다.

비구름이 골짜기 여기저기에 잠겨 있다가 능선으로 빠르게 올라오면서 구름을 흩뿌리면 온 세상은 짙은 안개로 자욱해졌다가 잠시 후에 다시 그 구름은 또 다른 모양의 하얀 덩어리가 되어 이 골짜기 저 골짜기로 흩어졌다. 가랑비가 내리는데도 구름 위라서 시야는 말끔해져서 기분까지 상쾌하게 했다.

그러다가 다시 안개로 자욱해지고…

능선 길의 고사목들도 구름과 어우러져서 오랜 세월의 무게가 느껴지고 있었다.

나이가 들어도 산을 열심히 오르고 때로는 대학 산 벗들과 암벽을 오르면 몸에서 아드레날린이 분비되는지 괜히 기분이 좋아지게 된다. 이번의 산행도 멋진 설악의 연봉을 바라다보는 순간 예외가 아니었다.

능선 길에서는 동료들과 앞서거니 뒤서거니 하면서 걸었는데, 그쳤다 내리기를 반복하는 비로 인하여 한기가 느껴져서 바람막이를 꺼내 입고 걸었다. 서북주능선에는 마치 구들장을 세로로 세워 놓은 것 같은 구들장 모양의 돌이 연속해서 나열해 있는 지역이 있다. 이곳의 구들장 같은 바위들이 비에 젖어 미끄러운 탓에 앞서가던 다른 팀들이 지체하는 바람에 산행시간은 생각보다 훨씬 많이 걸렸다. 나중에 그 이유를 알고 봤더니 한 명의 등산객이 바닥이 미끄러운 운동화를 신고 구들장 같은 돌판 바위에서 네발로 엉금엉금 기는 바람에 발생한 지체였다.

서북주능선 길을 3분의 2쯤 왔을까?

함께 온 동료들과 잠시 휴식을 취하면서 남은 막걸리를 한 잔씩 하고는 조금씩 내리는 비와 바람으로 인하여 가벼운 한기가 느껴져서 즉시 출발을 하는데…

• 설악산 천화대 능선

　우리가 막걸리 한 잔하던 바로 옆에 운동화에 구들장 바윗길에서 헤맸던 트레이닝 복을 입은 그 젊은 친구(27~8세쯤으로 기억된다.)가 서브 색(Sub sack, 큰 배낭의 보조용으로 쓰는 아주 작은 배낭)을 나뭇가지에 걸어놓고 휴식을 취하고 있는 것이 눈에 띄었다.

　출발을 하면서 그 친구에게 한 마디 했다.

　"비도 오락가락 하고 또 바람도 점점 세차지면서 기온이 내려가는데 젖은 트레이닝 복 차림으로 걸으면 체온손실이 심하니까 바람막이라도 꺼내서 입으세요."라고…

그랬더니 이 친구 하시는 말 좀 보소!

"바람막이는 없는데요."

그래서 서브 색에 뭐가 들어 있는지 물어봤더니 비스켓 서너 봉지와 막걸리 한 병 그리고 수건 외에는 가진 게 없었다. 그러면서 하는 말이 친한 친구에게 들었는데 5시간이면 소청대피소에 충분히 도착할 수 있고 소청대피소에 가면 먹을 것을 구입할 수 있기 때문에 간식만 가져가면 된다고 했다는 것이었다.

하도 어이가 없어서 이 친구의 얼굴을 봤더니 옷이 설악의 찬비와 바람에 완전히 젖어서 입술이 새파랗게 변해 있었다. 허술한 옷차림이 걱정도 되고 또 마침 오늘 우리가 묵기로 한 대피소와 목적지가 같았기에 동료삼아서 함께 걷기로 했다.

그런데 이 친구는 자기 발걸음이 많이 느리니까 먼저 가란다.

아마도 느낌상 얼마 전에 지났던 구들장 바위지역에서 엉금엉금 기면서 체력을 거의 소진한 것 같았다. 그래서 랜턴은 있느냐고 물었더니 그것도 없단다.

그 친구와 함께 걷느라고 동료들이 시야에서 완전히 사라졌기에 동료들을 따라잡기 위해서 빨리 가버릴까 생각하다가 파랗게 질린 입술을 보고는 걱정이 되어서 그냥 둘이 같이 걷기로 했다.

그런데 이 친구의 걸음걸이가 성인이 걷는 걸음이 아니고 두, 세살 먹은 어린애가 아장아장 걷는 것처럼 발걸음 보폭도 작을 뿐만 아니라

사랑은 행동이다

느려도 너무 느렸다. 그러더니 고작 20~30미터 정도 갔을 뿐인데 힘이 들어서 조금 쉬었다 가겠단다.

그냥 두고 가면 무슨 일이 나겠다 싶어서 내가 입고 있던 바람막이를 벗어서 그 친구를 입혔다. 그리고는 다시 걷기 시작하는데 그 친구가 갑자기 휘청거리더니 산길에 주저앉아 버렸다.

왜 그러냐고 물었더니 어지러워 걸을 수가 없다고 했다. 그 순간 나는 언젠가 인터넷에서 읽었던 저체온증(hypothermia)이 생각이 났다.

* 저체온증(hypothermia): 추운 환경에 노출되어 나타나는 것으로, 건강한 사람이라 하더라도 저체온증에 빠질 수 있으며 옷을 충분히 입지 않고 비에 젖거나 바람에 맞으면 위험하다. 물에 완전히 젖거나 빠졌다면 물의 열전도율이 높기 때문에 더욱 체온을 쉽게 잃게 되는데, 이러한 경우 체온 손실은 물의 온도에 따라 달라지며, 보통 16~21℃ 이하의 수온에서 잘 일어난다.
저체온증은 심부 온도에 따라 크게 경증, 중등도, 중증의 세 가지 범주로 나눈다. 경증(경한) 저체온증은 심부체온이 33~35℃인 경우를 말하며, 일반적으로 떨림 현상이 두드러지고 피부에 '닭살'로 불리는 털세움근(기모근) 수축 현상이 일어난다. 피부 혈관이 수축하여 피부가 창백해지고 입술이 청색을 띠게 된다. 기면 상태에 빠지거나 자꾸 잠을 자려고 하고 발음이 부정확해지기도 한다. 중심을 잘 못 잡고 쓰러지거나 외부의 자극에도 무반응 상태를 보이기도 한다. [네이버 지식백과, 서울대학교병원 의학정보, 서울대학교병원]

비바람이 점점 거세어지는 상황에서 저체온증이 와서 제대로 걷지도 못하는 친구를 그냥 두고 가면 결과가 어떻게 될지는 뻔했다. 작년에 아내가 사준 검정색 우모복(아내가 큰마음 먹고 사 준건데 아끼느라 거의 입지 않았다.)을 아깝지만 배낭에서 꺼내서 그 젊은 친구에게 입히고는 나는 바람막이를 다시 받아서 입었다.

나는 젊은 친구와 같이 걸으면서 학교는 어디 나왔느냐? 전공은 뭐였느냐? 군대는 갔다 왔나? 어디서 근무했나? 부모님은 살아 계시냐? 연세가 어떻게 되시냐? 함께 사시냐? 여친은 있나? 여친 키는 크나? 예쁘냐? 등 정신을 집중하게 하려고 쉴 틈 없이 시시콜콜한 질문도 하고 간간이 내 젊은 날의 이야기도 해주면서 걸었다.

그리고는 팔짱을 끼고 같이 걸어가면서 저체온증에 대하여 설명을 했고 지금 젊은이가 전형적인 저체온이 오고 있다는 것과 열심히 걷지 않으면 오늘 소청 대피소에 가기 전에 의식을 잃을 수도 있다는 주의를 주었다.

그러면서 살아서 가족들 다시 만나려면 몸에서 열이 나서 걸음이 정상이 될 때까지 힘이 들더라도 계속 걸어야한다고 했다. 가엾은 그 친구도 내 설명을 듣고는 자신의 몸 상태에 대하여 완전히 이해를 하고서는 나와 팔짱을 끼고 계속해서 같이

•저체온증의 등산객을 살렸던 검정색 우모복

사랑은 행동이다

걸었다.

한 시간 정도 쉬지 않고 그렇게 걸었을까?

그랬더니 걸음걸이도 정상의 80% 정도는 회복된 것 같았고 어지러운 증세도 사라졌다기에 팔짱을 풀고 앞장서서 걷도록 했다.

서북 주능선에서 남자 두 사람이 한 시간 정도 팔짱을 끼고 같이 걸어보면 알게 된다. 한사람이 간신히 지나갈 정도의 좁은 산길에서 빗물에 퉁퉁 불은 무릎 아랫부분의 살이 설악의 모진 바람에 단련이 된 키 낮은 관목의 단단한 가지에 쓸려서 상처투성이가 된다는 것을⋯ (소청대피소에서 내 다리의 상처를 본 동료들이 어쩌다 그렇게 되었냐면서 고개를 절레절레 흔들 정도였다.)

비바람이 상당히 세차져서 내 바람막이도 그 친구가 입은 우모복도 푹 젖어들면서 사방은 완전한 어둠 속에 잠겼다.

내가 가지고 있는 헤드 랜턴 한 개로 두 사람이 앞뒤로 서서 걸어가려니까 조금 전부터 눈을 뜨기 힘들 정도로 거세진 비바람과 아직 완전히 회복이 안된 그 친구의 걸음길이로 인하여 소청대피소까지의 길은 멀고도 멀었다. 끝청 부근에서 소청대피소에 먼저 도착한 동료들과 간신히 통화가 되었기에 늦어진 이유를 설명했다.

그리고서 우리 두 사람은 밤 8시가 넘어서야 온몸이 푹 젖어서 물을 줄줄 흘리며 소청대피소에 들어섰다. 저체온으로 탈진 상태까지 갔었던 젊은 친구와 같이 걷느라고 한계령 휴게소에서 8시간이 넘게 걸려서 소청 대피소에 도착했던 것이다.

그나마 다행인 것은 동료들이 중청 갈림길까지 랜턴을 들고 마중 나와서 배낭을 들어주면서 수고했다고 격려해주었기에 큰 위안이 되었다.

그날 소청대피소에서는 완전히 젖은 내 우모복을 말리느라 수건을 덮고 발로 지근지근 밟아서 몇 번이나 수건의 물을 짜냈는지 모른다.

지금 생각해도 나의 도움의 손길이 없었으면 그 친구는 설악산에서의 그날이 자신의 제삿날이 되었을 것이다. 왜냐하면 우리 팀이 막걸리를 한 잔 한 뒤 내가 그 친구를 만나서 함께 소청대피소에 도착하기까지 마중 나왔던 우리 동료들 말고는 아무도 만나지 못했기 때문이다. 어둠이 깔리고 비바람이 몰아치는 늦가을의 서북 주능선에 사람의 흔적이 완벽하게 사라진다는 것을 그때 알았다.

그날 이후로 그 친구를 살렸던 검정색 우모복은 산에 갈 때면 언제나 배낭의 아래 칸을 지키는 나의 친근한 벗이 되었다.

그리고 간혹 그 우모복을 보면서 마치 사람을 대하듯 이야기하곤 한다.

"너는 사람 한 명을 살렸던 옷이니 그만하면 세상에 와서 너의 할 일을 다 했다."

사랑은 행동이다

# 원효·염초봉 리지등반과 감사하는 마음

"어~ 헉!"

거대한 체구를 가진 짐승의 울음소리 같은 공포에 실린 낮은 목소리가 들려오는 순간, 주변은 팽팽한 긴장에 휩싸였다. 그 공포의 저음 목소리는 우리들 눈앞에서 한 명의 산꾼이 리지(암벽으로 이루어진 능선으로 암벽등반 기술을 요함)의 물먹은 경사를 오르다가 이끼 낀 바위에서 미끄러져가면서 내는 소리였다.

그 산꾼이 미끄러지기 시작한 지점에서 불과 3~4 미터 아래는 경사가 점점 더 급해지다가 바로 이어서 10여 미터의 수직 절벽이 연결되어 있었다. 절벽 바닥에는 큼직큼직한 바위가 제멋대로 깔려있었기 때문에 추락은 염라대왕 앞으로 직행을 의미했다.

바로 그 장소에서 어리석은 산꾼들은 자기들의 실력을 과신하며 안전장치 없이 물먹어서 이끼 낀 미끄러운 바위를 오르고 있었던 것이었다.

2014년 늦여름 더위가 맹위를 떨치던 8월 말의 주말!

대학 산악부 후배들과 북한산 원효-염초봉 암벽 리지를 오르기로 했다.

근년에 들어 우리나라 날씨는 기상청에서 '이제부터 장마가 끝났다'고 발표하자마자 그동안 마른 장마였던 하늘이 어디에 그 많은 물을 감추고 있었는지 그때부터 엄청난 비를 퍼붓곤 하여 기상청 관계자들을 곤혹스럽게 만들곤 했는데, 그 해에도 예외 없이 똑같은 일이 되풀이

• 만경대 사랑바위 슬랩 등반

• 원효·염초봉 슬랩등반

되다 모처럼 맑게 갠 토요일이었다.

주말 이른 시간에 암벽의 차가운 느낌을 느껴보고 싶어서 오른 바위는 며칠 동안 술곧 내렸던 비로 인하여 도처가 물길이 되어 젖어있었다. 특히나 원효봉의 중간쯤에 있는 슬랩(급경사의 넓은 바위)의 움푹 파인 바위에는 평소와는 다르게 골을 따라 물이 조금씩 흘러내리고 있었을 뿐만 아니라 눈에는 잘 띄지 않았지만 물이끼도 살짝 끼어 있었다.

앞서가던 우리 팀 등반대장이 서너 걸음 옮겨보더니 "어이쿠! 바위가 너무 미끄러워서 그냥 못 가겠어요." 라면서 바로 옆의 안전지대로 나와서 추락에 대비한 보호 장비인 자일(로프)과 등반용 안전벨트를 준비하기 시작했다.

바로 그때 한 패거리의 산꾼들이 우리가 왔던 길을 뒤따라오더니 자일을 풀고 있는 우리를 힐끔 쳐다보곤 이런 쉬운 데서도 자일을 사용하느냐라는 비웃음 비슷한 표정을 지으면서 자일 없이 그대로 슬랩을 올라가기 시작했다. 물이끼가 그들이라고 봐주는 게 아니었기에 올라가는 도중에 한 두 번 씩 가볍게 미끄러지면서도 히히 웃으면서 안전장치 없이 그 위험한 지점을 차례로 통과하고 있었다.

미끄러지면서 올라가는 그 모습이 너무도 위험하게 보여서 잠시 장비 준비하던 손을 멈추고 그들이 하는 행동을 쳐다보고 있었다. 그러다가 그중 한 친구가 슬랩 중간에서 두, 세 번 미끄러지더니 다리를 벌벌 떨면서 그 자리에서 오도 가도 못하는 신세가 되어버렸다. 참고로 이 불쌍한 산꾼이 위치한 지점은  젖어있지 않을 때는 안전장비를 쓰지 않고도 그냥 올라갈 수 있는 장소였는데 비로 인한 젖은 바위와 물이끼로 인하여 위험한 곳으로 변해 있었던 것이다.

꼼짝을 못하는 동료를 보고 위험을 감지한 그 팀의 한 명이 배낭에서 자일을 꺼내려고 준비를 시작했지만…

불쌍한 그 친구는 다리를 후들들 거리다가 공포에 질려서 "어~헉~"

사랑은 행동이다

• 원효·염초봉 리지 책바위에서 산꾼들과

• 만경대 사랑바위

하는 소리를 내면서 수직절벽 쪽으로 미끄러져 내리기 시작했다.

위에서 그 팀의 동료들도 어! 어! 어! 하면서 어쩔 줄 몰라 하였고, 근처에 있던 우리 팀도 미끄러져가는 산꾼의 손을 잡아주다가는 같이 절벽으로 같이 휩쓸려갈까 봐 아무도 도움의 손길을 주지 못하고 있었다. 바로 그 순간 불쌍한 그 친구는 내가 서 있는 바로 옆을 지나서 염라대왕을 알현하러 가고 있었다.

이것저것 생각할 겨를이 없었다.

"하나님! 부처님! 도와주세요."라고 속으로 중얼거리며 그 산꾼의 왼팔을 잡고 확 끌어당겼다.

다행히 그 친구는 부처님과 하나님의 가호로 지옥행 급행열차에서 무사히 내릴 수 있었다.

"에이 씨발!"

지옥에서 탈출한 그 인간의 제일성은 바로 그 말이었다. 이 인간은 나에게 도움을 받은 것에 대하여 속된 말로 아주 쪽팔려 하는 것 같았다. 그러더니 위험을 무릅쓰고 자기의 생명을 구해준 사람에 대하여 고맙다는 말 한마디 없이 동료가 내려준 자일에 몸을 묶고는 그냥 올라가 버렸다.

함께 있던 우리 팀 후배들이 그 친구들이 사라진 이후에 "저렇게 싸

•염초봉 슬랩 장면

가지 없는 놈들이 다 있느냐?"면서 "저런 놈은 그냥 떨어져서 죽도록 내버려 뒀어야 했는데…"라며 울분을 토했다.

잠시 후 우리 팀은 사일을 사용해서 확보를 봐주면서 물이끼가 낀 위험지역을 안전하게 통과했다.

그 지점에서 바윗길을 30여분 정도 더 올라가다 보니 아까 그 패거리들이 평평하고 넓은 바위에 앉아서 간식과 사과, 포도와 같은 과일을 꺼내서 먹고 있었다. 그런데 우리 팀이 바로 옆을 지나가는데 어느 한

•숨은벽 대슬랩 장면

사랑은 행동이다

명도 아까 도움을 줘서 고마웠다고 말하거나 과일 한쪽 먹어보라고 권하지도 않았을 뿐만 아니라 아예 우리와 시선조차도 마주치지 않았다.

그들의 곁을 지나간 후 등반대장이 흥분해서 화를 냈다. 당연히 화를 낼만한 상황이었다. 내 목숨을 걸고 자기 목숨을 살렸으니, 말 한마디라도 해야 하는 게 당연했다. 사실 나도 화가 나기는 마찬가지였지만 참으면서 그 상황을 재구성하고 있었을 뿐이다.

등반대장에게 이렇게 말했다.

"송 대장! 화내지 마! 당사자인 나도 화를 안 내는데 왜 화를 내? 그동안 나는 위험에 처한 사람을 여러 번 구해주었는데 지금까지 고맙다는 이야기 거의  들은 적이 없어.

삼척 7번 국도에서 교통사고로 부상 입은 사람을 연기를 내뿜는 차에서 구출했을 때도 119 응급차가 오자마자 바로 인계하고 온 것도 바로 그런 이유였어.

하지만 생명을 구해주는 일이었기에 그 자체로도 얼마나 고마운 일이냐? 한번 생각해봐라. 우리 눈앞에서 미끄러져간 놈(나도 많이 화가 났는지 '놈'이란 표현이 저절로 나왔다.)이 피범벅이 되어 죽었다면 우리도 아까 그 자리에서 바로 하산했을 거고 괴로움을 잊으려고 술을 얼마나 많이 마셨겠나? 그리고 나는 내가 작은 도움의 손길을 뻗쳤다면 살려낼 수도 있었을 텐데 하는 자괴감으로 원효봉을 등반할 때면 항상 죄책감을 느꼈을 거야. 우리가 한 생명을 살려낸 것으로 행복하자."

우리나라에서도 오랫동안 방영된 미국의 '911 긴급구조'란 TV프로
그램이 있었다. 이 프로그램에서는 직업 소방관이 위험에 빠진 사람을
구해준 후 두 사람 사이에 평생 친구가 되어 서로 왕래를 하는 것을 본
적이 있다.

그런데 왜 우리나라 사람들은 생명을 구해줘도 이토록 감사할 줄 모
르나 싶다. 그래서 나는 위기에 빠진 사람을 구해주고 나서 119 응급차
가 오면 인계하자마자 바로 그 자리를 떠난다.

칭찬받으려고 한 일도 아니고, 위기에 빠진 분을 구해준 것만도 내가
나 자신에게 크게 감사해야 할 일이란 생각과 더불어 혹시라도 원효봉
리지 사건처럼 감사할 줄도 모르고, 자기 혼자 하는 말이겠지만 욕부
터 하는 인간(그 일 이후에 물에 빠진 사람 구해주면 보따리 내놓으란
옛말이 왜 생겼는지 이해되었다.)을 대하면 그 사람에 대한 좋지 않은
기억을 남길 수 있기 때문이다.

얼마 전, 성남 상대원동에 있는 고객사에서 일을 끝내고 지하 주차
장에서 막 출발 준비를 하고 있었다.

순간 갑자기 SUV 승용차가 "부아앙~~" 하는 엄청나게 큰 가속 굉
음을 내면서 지하주차장으로 쏜살같이 들어왔다. 그 차는 내가 서있는
장소에서 멀지않은 주차장 램프 벽을 그대로 들이 받아버렸다.

차의 앞부분은 완전히 찌그러져 있었고 안전벨트를 안 한 운전자는

사랑은 행동이다

• 아파트형 공장 지하 주차장 램프 벽을 들이 받고 크게 파손된 SUV 승용차

자동차 조향장치에 부딪혀서 큰 충격을 받았는지 기절 상태로 꼼짝을 하지 않았다. 설상가상으로 자동차에서는 시커먼 연기가 피어오르기 시작했다.

그 상황을 근처에서 지켜봤던 나로서는 자동차에 불이 붙거나 폭발할까 봐 온몸이 떨렸지만, 바로 의식이 돌아와서 고통으로 몸을 뒤트는 운전자를 빨리 차에서 빼내야지 하는 생각만으로 뛰어가서 운전석 차 문을 열려고 했다. 하지만 충격으로 찌그러진 문은 쉽게 열리지 않았다. 허둥지둥하며 뒤를 돌아서 조수석 문짝을 열고 그 쪽으로 운전자를 억지로 끄집어 낸 후 차에 불이 붙을까 봐 부상자를 질질 끌어서 옆으로 옮겼다.

다행히 경유를 사용하는 SUV차량이라서인지 불은 붙지 않고 연기가 조금씩 잦아들었다. 그러던 중 주차장으로 차를 가지고 들어오던 분의 신고로 119 소방차가 왔기에 그분들에게 다친 운전자를 인계하고 내 차로 돌아와 보니 나의 하얀 와이셔츠에는 여기저기 붉은 피로 물들어 있었다.

주차장 들어오기 전에 무인 티켓 발매를 위해서 차가 섰다가 다시 출발하는 시점에서 운전자가 가속 패들을 브레이크로 잘못 알고 밟았는지 아니면 차의 이상에 의한 급가속이었는지는 알 수가 없었다.


올해(2018년)로 내가 위암 수술을 받은 지 벌써 32년이 넘었다.

간혹 그런 생각이 든다.

그때 안 죽고 살아서 그동안 꽤 여러 명 생사의 기로에 선 생명들에게 도움의 손길을 줄 수 있었던 것만도 나에겐 큰 축복이었다고…

아~ 참!

작년에 집 정원에 버려진 두 마리의 갓 태어난 길고양이도 살려내서 무사히 분양을 했었지.

그러고 보면 길고양이 새끼를 구해 생명 사랑을 실천했을 때도 행복했었는데 하물며 인간 생명을 구한 것은 그 자체만도 얼마나 더 큰 행복인가?

생각하면 생각할수록 감사하고 고마운 마음만 남는다.

# 전원주택과 고라니 그리고 길고양이

회사를 서울 뚝섬에서 성남 상대원동의 테크노파크로 이전하면서 사는 집도 아내의 일방적인(?) 결정으로 회사와 가까운 전원주택으로 옮기게 되었다.

회사와 집이 가까우니 출퇴근하면서 교통지옥에 시달리지 않는 것은 좋았지만 전원주택이 주는 여러가지 괴로움도 생겼다. 그 중에 가장 힘든 일은 겨울철 마당에 내린 눈치우기였다. 참고로 우리 집은 네 가구가 연결되어 있는 소위 말하는 타운 하우스 형태이다. 따라서 잔디가 깔려있는 마당은 네 가구의 마당이 같이 연결되어 있고 마당이 끝

나는 지점부터는 바로 산이 시작된다. 그래서 집 사진을 찍으면 네 채
가 연결되어 있어 마치 대 저택처럼 멋지게 보인다.

눈이 오면 우리 집 앞의 보도에서 시작해서 주차장과 큰 길까지 눈
을 치워야 했다. 처음에 이사를 와서 보니 그동안 살고 있던 분들은 어
찌된 연유에서인지 눈이 펑펑 쏟아져서 보도에 눈이 수북 쌓여도 나
와서 눈을 치우려는 생각을 하지 않았다. 그러다보니 제법 많은 양의
눈이라도 내리는 날에는 새벽에 일어나서 나 혼자서 그 많은 눈을 한,

두 시간 동안 치우다보면 허리가 아파 죽을 지경이었다. 다행히 둘째가 군대를 제대 한 이후부터는 눈 치울 때 힘을 보태주었고 최근에 새로 이사 오신 옆집 아저씨가 눈 치우는 것을 도와주셔서 큰 도움이 되었다.

눈이 쌓이는 겨울이 되면 또 다른 불청객이 우리 집을 찾아오곤 했다. 그 불청객은 바로 고라니다. 저녁에 손님을 만나고 밤 10시가 넘어서 늦게 주차장에 차를 세우고 마당을 지나 집 앞까지 가는데 갑자기 후다닥 소리가 나서 깜짝 놀랐다. 뭔가 싶어 쳐다보니 커다란 고라니가 산속으로 달아나는 것이 아닌가.

아마도 산에 눈이 쌓여 있으니 먹을 것이 모자라 우리 집 마당 귀퉁이의 정원을 헤집고 말라비틀어진 풀잎사귀를 뜯어먹은 것으로 보였다. 고라니를 멀리서 보게 되면 노루와 비슷하게 생겨서 귀엽게 보이지만 막상 바로 앞에서 맞닥뜨리게 되면 하얀 어금니가 밖으로 툭 튀어나와서 상당히 징그럽게 느껴지기도 한다. 이런 놈이 후다닥 소리를 내며 내 앞을 지나서 숲속으로 도망쳐 갈 때는 마치 도둑이 뭘 훔치다가 갑자기 도망가는 형국이라, 무심코 걸어가다가 깜짝 놀라게 된다.

눈이라도 많이 온 날이면 산속에 눈이 쌓여서 풀 찾기가 쉽지 않아서 눈을 치워 놓은 마당 귀퉁이의 정원에서 풀을 뜯어먹기가 훨씬 수월한가도 싶었다. 아무리 짐승이라도 배고파 내 집 앞에 온 걸 박정하게 물리칠 수 있나 싶어, 또 고라니가 들락거리는 집이니 자연에 묻혀

지내는 느낌이 바로 이것이다 싶었기에, 때로는 고구마나 채소 푸성귀를 마당에 두곤 했다.

눈 내리던 겨울이 지나고 봄이 되면서 아내는 정원에 튤립뿌리를 심었다. 그런데 이 녀석들이 어떻게 알았는지 날이 따뜻해져서 땅이 물렁물렁해지면 어느 틈에 내려와서는 튤립 뿌리를 그 징그러운 이빨로 캐내서 먹어 버렸다. 속이 상한 아내는 고라니로부터 튤립을 지키기 위해 눈물겨운 노력을 거듭했다. 결국 철망울타리를 치는 데까지 이르렀고, 그 결과 몇 개 남지 않은 뿌리로나마 어느 정도 꽃을 피우는데 성공했다. 그 이후에 아내가 정원과 산이 연결되는 짜투리 땅에 상추와 고추를 조금 심고 나서부터는 녀석들이 시도 때도 없이 내려와서는 상추, 고추의 연한 잎사귀도 마구 뜯어 먹어버렸다.

잎사귀를 다 뜯어 먹어버리니까 고추가 달릴 리가 있나? 그러다보니 고추 농사는 완전 폐농. 상추도 고라니가 대부분 뜯어 먹어버렸으니…

거기다가 밤에는 이놈들이 숲 속에서 사랑을 나누는지, 아니면 수컷이 암컷을 유혹하는 소리를 내는지는 모르겠으나 밤새도록 "꾸에엑! 꾸에엑!"거리며 엄청나게 큰 소음으로 울어대는 통에, 잠을 완전히 설치기도 하였다. 조용한 전원주택이라고 좋아했더니 엉뚱한 불청객이 내는 소음으로 인하여 곤욕도 그런 곤욕이 없었다. 다행히 이 소음도 발정기가 지나면 조용해지니까 한, 두 주일만 이불 뒤집어쓰고 견디면 되니까 어쨌든 참을 만했다.

사랑은 행동이다

그러다가 얼마 전에는 이런 웃기는 일도 있었다.

아내와 같이 정원을 가꾸고 있었는데 집 앞 산비탈에서 무언가가 빠르게 뛰어나오는 소리가 나더니 숲속에서 우리가 있는 정원 바로 옆 마당으로 조그만 고라니 새끼가 훌쩍 뛰쳐나왔다.

사람이 있는 것을 알아차린 고라니 새끼는 기겁을 해서 다시 숲속으로 도망을 쳤는데 도망간 놈과 크기가 같은 형제 고라니가 뒤따라서 마당에 뛰어내리면서 착지를 잘못했는지 잔디 위에 벌러덩 자빠졌다. 아내가 놀라서 "어머! 어머!" 하는 소리를 듣고는 넘어진 녀석도 놀라서 허겁지겁 갈팡질팡하더니 후다닥 일어나서 형제 고라니가 도망간 숲속으로 뛰어갔다. 순식간에 일어난 고라니 형제의 해프닝이었다.

아마도 엄마가 먹을거리를 구하러 나간 사이에 형제들끼리 술래잡기 놀이를 했던 것 같았다. 아내와 정원 일을 하다말고 하도 어이가 없어서 멍하니 쳐다보다가 쓸개 빠진 사람처럼 킥킥거리며 웃었다. 그러고 보니 우리 집 앞 조그만 야산 줄기는 지난번 꾸에엑 거리며 발정을 하던 고라니가 출산을 하여, 그 새끼들의 천국이 된 것 같았다.

또 다른 황당한 일은 전원주택 생활 3년차인 재작년 가을에 일어났다.

가을이 조금씩 깊어가던 주말에 친구들과 북한산 등산을 끝내고 집에 도착해서 저녁을 먹고 있었는데 바깥에는 오후 늦은 시간부터 가랑비가 부슬부슬 내리고 있었다. 밖에서 앙칼진 고양이 울음소리가 들

•정원과 산의 경계에 새끼고양이가 버려져 있었다

•(좌)첫번째로 버림받은 길고양이 새끼와 (우)두번째로 버림받은 길고양이 새끼

사랑은 행동이다

리는 것 같아서 아내에게 고양이 소리가 나는 것 같다고 했더니 아내의 대답인즉슨, 오후에 정원을 가꾸고 있었는데 숲속에서 고양이 우는 소리가 자꾸 나는 것 같기에 숲 쪽으로 가 봤더니 정원과 숲의 경계선 부근에 태어난 지 얼마 안된 아주 조그만 고양이 새끼 한 마리가 울고 있더라는 것이었다.

아내는 어릴 적에 미친개에게 물린 이후(다행히 미친 여자는 안되었는지 나랑 살면서 나를 물거나 해괴한 짓을 한 적은 한 번도 없다.)로 개와 고양이 같은 동물들을 싫어해서 기겁을 하고서는 그대로 내버려두고 정원 일을 계속했다고 한다. 그런데 저녁에 집에 온 아들이 그 이야기를 듣고는 고양이를 집 테라스 바로 앞의 스티로폼 통안에 넣어뒀다고 한다.

아내가 "고양이 엄마가 데려갈 테니까 아까 그 자리에 그냥 두라."고 했는데도 아들은 "아버지가 모든 생명은 소중하다고 이야기했는데 차가운 가을비를 맞는 고양이 새끼를 그대로 두면 죽게 된다."면서 스티로폼 통에 담아서 비에 안 맞게 우산을 씌워 두었다는 것이다.

저녁을 먹은 후 나가 봤더니 태어난 지 1주일도 안되었을 조그만 새끼 고양이가 악을 바락바락 쓰면서 울고 있었다. 소리는 제법 컸지만 제대로 서지도 못하고 빌빌거리는 모습이 그대로 뒀다가는 오늘밤을 못 넘기고 저 세상으로 갈게 뻔했다. 아들에게 고양이를 집안으로 데리고 들어오게 한 후 병원에 데리고 가서 건강 진단 후 분유와 젖병을 사오게 했다. 평소에 동물을 좋아하는 아들은 아버지 이야기를 듣고는 신이 나서 며느리와 같이 동물병원에 다녀왔다.

병원 수의사 이야기로는 못 먹어서 비실비실하긴 하지만 아직 건강 상에는 큰 문제는 없는데 고양이 등에 진흙 비슷한 게 게 묻어 있는 게 보이는데 이게 진흙이 아니고 아주 작은 구더기 무리라고 하면서 조금만 시간이 더 경과 되었다면 구더기가 살 속을 파고 들어갈 뻔 했다면서 구더기를 깨끗이 다 제거했다고 했다.

결과적으로 길을 잃어버렸는지 아니면 어미가 버렸는지는 모르겠지만 새끼 고양이 한 마리 때문에 거의 10만원 가까운 돈이 들어갔다.

인터넷에서 '고양이 새끼 키우기'를 찾아본 아들이 고양이 새끼는 혼자서 대소변을 못 가리기 때문에 휴지로 아랫도리를 살살 건드려서 자극을 줘야 대소변을 누게 된다고 했다. 다행히 아들이 먹이주기와 아랫도리 자극하기로 고양이 새끼를 잘 돌봐주었고, 2~3일이 지나니 제법 팔팔해져서 우는 소리도 점점 커져갔다.

어미가 다시 데려가라고 마당 귀퉁이의 숲 쪽에 스티로폼 박스를 두고 그 녀석을 담아두었는데 어미란 놈이 분명히 숲속을 어슬렁거리는 모습을 2층 테라스에서 몇 번 봤고 새끼가 우는 소리를 들었을 텐데도 한번 버린 새끼는 다시는 데려가질 않았다. 우리 집에서 키울까 생각도 해봤지만 아내가 워낙 고양이를 싫어하는데다 나도 동물을 키우는 것을 그렇게 좋아하지 않기 때문에 페이스북에 올려서 무료 분양하기

사랑은 행동이다

로 했다.

다행히도 고양이는 오드(odd)라고 불리는 눈 색깔이 좌우가 비대칭인 아주 예쁜 녀석이었다. 덕분에 분양은 불과 몇 시간 만에 손쉽게 이루어졌다.


그리고 이틀 후 아침에 출근을 하는데 며칠 동안 고양이가 문 앞에서 울어대는 소리를 들어서인지 고양이 울음소리 같은 환청이 희미하게 들리는 것 같았다.

그런데…

나중에 봤더니 이게 환청이 아니었다.

점심 때 쯤 며느리에게서 전화가 왔는데 고양이 새끼 또 한 마리가 정원 바로 경계선에 내버려져 있다고 했다. 이런 일이 왜 자꾸 생기나 해서 인터넷을 뒤져봤더니 고양잇과 동물들은 새끼들 중에 엄마 젖을 차지하는 싸움에서 밀려서 빌빌거리는 놈이 있는 경우에 어미는 나머지 건강한 새끼들을 살리기 위해서 내다 버리는 경우가 종종 있다는 것이다.

그러고 보니 지난번 고양이도 우리 집에 왔을 때 몸 상태가 좋지 않았는데 이번 고양이도 저녁에 집에 가서 보니 상태가 아주 좋지 않았고, 눈병이 있는지 눈도 제대로 뜨질 못했다.

지난번 새끼 고양이를 무료 분양할 때 구입한 분유와 젖병을 죄다

공짜로 딸려 보낸 탓에 다시 한 번 구입해야 했다.

　그런데 어미가 새끼를 버리면서도 그냥 깊은 숲속에 버리질 않고 하필이면 인간이 볼만한 곳에 버리는 것도 어쩌면 인간이 자기 새끼를 챙겨서 살릴 지도 모른다는 생각을 했구나 싶은 생각에 미치니, 고양이 어미의 영악함에 탄복이 절로 나왔다.

　어쨌든 두 번째 고양이도 먼저 버림을 당했던 형제가 살았던 바로 그 스티로폼 박스에서 생활을 시작했는데 이 녀석은 워낙 몸 상태가 좋지 않아서 제대로 울지도 못하고 스티로폼 박스의 귀퉁이에 죽은 듯이 조용히 처박혀 있었다. 저래서는 살아날까 싶었는데 이틀 정도 분유를 열심히 먹고 대소변도 잘 가누게 했더니 다시 우리 집 앞마당은 찢어지는 새끼 고양이 울음소리로 가득했다.

　안질환으로 눈을 제대로 못 뜨고 있기에 혹시나 싶어서 집안에 굴러다니던  오래된 항생제 안연고를 찾아서 발라줬더니…

　바로 그 다음날 아침에 보니까 눈을 또록또록 뜨면서 팔팔해져서 스티로폼 박스 벽에 고양이 특유의 날카로운 발톱 자국을 내면서 밖으로 기어 나온 후 온 마당을 헤매고 다녔다.

　그런데 체구로 봐서는 지난번 오드 고양이와 형제 사이가 분명한데도 온갖 야생 고양이들이 일부일처제를 지키지 않고 제멋대로 붙어먹었는지 이놈은 털색이 누리끼리한 게 별로 예쁘지 않았다. 다행히도 옆집 할머니가 보시고는 가까운 친척 아줌마가 키우던 고양이가 얼마 전에 죽어서 상심하고 있다면서 연락을 했다고 했는데 소식을 듣고는 득달같이 달려와서 보고는 죽은 고양이와 똑같고 귀엽다면서 바로 가져가버렸다.

우리가 다시 사놓은 분유와 젖병까지 공짜로 몽땅…

두 마리의 생명을 살리느라 이래저래 예상치 못한 돈이 들어갔지만 죽을 놈들을 살려내고 나니 마음이 뿌듯했다.


올해 일기예보에 이번 겨울은 엘니뇨의 영향으로 눈이 많이 올 거라고 한다.

아무래도 이번 겨울에는 눈 때문에 고라니와 새끼들이 굶어죽지 않게 고구마와 푸성귀라도 넉넉히 내다 놓아야겠다.

그러면서도 내년 여름과 가을철에 고양이가 또 새끼를 우리 정원 부근에 내다버릴까 싶어 걱정이 된다.

다음에 또 그런 일을 당하면 분유와 젖병은 새끼고양이 무료 분양할 때도 집에 둬야겠구나 하는 엉뚱한 생각을 하면서 피식 웃는다.


산 아래 전원주택에서 생활하면서 도저히 경험할 것 같지 않은 엉뚱한 일을 당하기도 하지만 생명에 대한 사랑을 느끼는 기회도 가질 수 있어서 점점 이 생활이 즐거워진다.

# 가로등 고쳐주세요!

성경은 네 이웃을 사랑하라고 말한다. 어느 정도 사랑해야 혹은 얼마나 대단한 일을 해야 이웃에 대한 사랑을 실천했다고 할 수 있을까? 자기 신체의 일부를 떼 주거나 거금을 기부하는 큰 사랑이 아니더라도, 세심한 관심을 가지고 우리 이웃의 안전을 지켜줄 수 있다면, 아주 작은 관심에도 사랑이란 표현을 쓸 수 있지 않을까?

여기 '사랑은 행동이다'라고 말하기에 적절한 아주 작은 사랑 이야기가 있다.

사랑은 행동이다

중앙대가 있는 흑석동 방향에서 차를 운전해서 올림픽대로에 진입하려면 동작동 국립현충원 앞의 T자 길에서 신호등을 받아서 좌회전을 해야 한다. 회사가 신림동 사거리 부근에서 셋방살이 신세를 면치 못하고 있을 때, 뚝섬에 있는 거래업체와 업무협의 차 갔다가 거래업체 사장의 권유로 부근에 있는 아파트형 공장을 갑자기 계약하게 되었다. 그때 회사에 여유자금이 충분치 않았지만 회사자금 일부와 우리 가족이 살고 있던 신림동 산동네인 난곡에 있던 작은 아파트를 팔아서 부족한 자금을 일부 충당하기로 하고 급작스레 계약을 했던 것이다.

공장의 대금을 치르기 위하여 살고 있던 아파트 매매계약을 체결한 후 새로 살 집(아파트)을 얻어야 했는데 뚝섬에 새로 계약한 아파트 형 공장에 입주한 뒤 출퇴근하기 쉬운 장소로 뚝섬과 다리 하나만 건너면 있는 잠실역 부근의 주공 5단지에 전세를 얻었다.

그러다보니 아파트형 공장에 입주하기까지의 1년 남짓 동안은 신림동 네거리에 있는 회사와 잠실의 아파트까지의 제법 먼 거리를 아침저녁으로 올림픽 도로를 통하여 승용차로 출퇴근을 해야 했다.

그런데 저녁에 퇴근을 할 때마다 아주 조심을 해야 하는 곳이 있었으니… 특히 가을부터 이른 봄까지의 해가 짧은 계절에, 깜깜해져서 퇴근을 하게 될 때가 가장 위험했다. 서두에 언급했던 중앙대 방향에서 오다가 국립 현충원 앞에서 올림픽 도로로 접어들기 위해서 좌회전을 한 후 400~500미터 위치에 있는 지점이 위험지대였다. 이 자리를 다시 설명하면 올림픽 대로에서 대로 아래의 지하도로를 통해서 국립 현충원 방향으로 오는 길과 현충원에서 올림픽 대로로 진입하는 길이 만나는 위치에, 양쪽 방향 높이가 다른 지점이다. 높이가 다른 양방향 길이 만나는 사이에 교각이 있었는데 저녁에 여기를 통과하다보면 교각에 차가 충돌하여 교각의 철 구조물이 손상된 흔적을 보이거나 자동차 파편이 주변에 흩어져 있는 경우를 자주 보게 되었다. 그 빈도가 빠를 때는 며칠에 한번 꼴이고 보통은 평균 한 달에 두세 번은 새로운 사고로 생긴 흔적을 보곤 했었다.

따라서 이 지역을 통과 할 때는 차의 속도도 줄이면서 아주 조심해서 운전을 하곤 했다. 하지만 그렇게 사고위치를 머릿속으로 인지하면서 조심스럽게 운전을 하는데도 어떻게 된 일인지 교각 바로 근처에 와서야 교각을 발견하고 깜짝 놀랄 때가 한, 두 번이 아니었다. 특히 옆자리에 앉은 아내와 이야기를 하거나 다른 생각을 하면서 이 지역을 통과할 때면, 갑자기 나타난 교각으로 인하여 화들짝 놀라는 경우도 있었다.

그런데 어느 날 퇴근하면서 보니 교각에 커다랗고 노란 점멸등이 세워져 있었다. 관할이 어딘지는 몰라도 사고가 빈번히 일어나는 것을 알아차린 구청에서 점멸등을 세워서 교각을 인식할 수 있도록 한 것이었다. 그때부터 나는 위험 지역을 지날 때 마다 노란 점멸등을 먼저 확인하면서 운전을 했기에 깜짝 놀라는 경우는 별로 없었고 다른 차들

사랑은 행동이다

도 점멸등으로 인하여 사고가 안 일어나겠다 싶었다. 하지만 결과부터 이야기하면 빈도는 그 전보다 많이 줄어들었지만 역시 사고는 심심찮게 발생했다. 때로는 대형차량이 교각을 들이 받았는지 황색 점멸등 자체도 박살이 나 있었다.

어느 날 나는 왜 사고가 저렇게도 많이 나는지 그 원인을 찾아보기로 했다. 매일 저녁에 같은 지점을 통과하는데도 왜 교각이 잘 보이지 않는지, 원인이 뭔지 유심히 관찰하기 시작했다. 저녁시간 뿐만 아니라 토요일 오전 근무(1990년대 초였기에 그 시절에는 토요일도 오후 3시까지 근무 했다.)하고 밝을 때 통과하면서도 관찰을 했다. 그렇게 몇 번 주의를 기울여 관찰했더니 그 원인은 너무도 쉽게 나왔다.

저녁시간에 국립 현충원 주위는 아주 밝은 가로등이 대낮처럼 환하게 켜져 있었고 차 진행 방향인 올림픽대로에도 가로등이 켜져 있었는데 유독 현충원 앞의 T자 길에서 좌회전한 후 올림픽 대로에 접어들기까지의 약 700~800미터구간에는 가로등이 없어서 아주 캄캄했다. 밝을 때 확인한 바로는 가로등이 없는 게 아니었다. 기로등은 있었지만 단 한 개도 불이 들어오지 않았다. 이 지점만 가로등 제어장치가 고장나서 모두 꺼져있었던 것이다.

야간에 현충원 앞길의 가로등이 무척 밝다. 또 올림픽대로의 가로등도 대낮같이 밝다. 그런데 현충원 앞길과 올림픽대로를 이어주는 연결도로만 유독 어둡다. 때문에 논리적으로 설명하면 현충원 앞길에서 운전자의 눈조리개가 밝음으로 인하여 잔뜩 닫혀 있는 상태로 있다가, 연결도로로 접어들면서 주변이 갑자기 어두워지는데도 눈의 조리개가 미처 적응을 못했던 것이다. 바로 그것 때문에 일어나는 사고였다.

이렇게 단순한 문제로 그렇게 많은 사람들이 죽거나 부상을 입고 차도 망가지는데 이 지역을 담당하시는 분들은 문제가 뭔지 현장에 나와서 제대로 체크나 했을까 싶었다. 혹시 그 다음날, 날이 밝은 후에 와서 "평범한 길에서 왜 자꾸 사고가 나지?" 하면서 고민하다가 해결책으로 황색 점멸등을 설치하고는 운전자들이 운전 부주의로 자꾸 사고를 낸다고 생각하고 있진 않을까? 그런 생각을 하니 화가 났다.

지도책을 찾아서 그 지역을 담당할 것 같은 구청에 해당지역의 자세한 약도와 사고가 나는 이유에 대한 설명서를 작성해서 우편으로 발송했다. 그런데 며칠 후 그 구청에서 전화가 왔다.

"선생님이 보내신 자료를 확인했는데 그 지역은 우리 관할이 아니고 옆 구청 관할이니까 수고스럽겠지만 그 구청으로 자료를 다시 보내주십시오."라는 아주 친절하면서도 공직자다운 답이었다. 순간 입에서 하마터면 큰소리가 나올 뻔 했다. 왜 그것을 국가의 녹을 먹고 있는 공직자가 수고 해주면 안되고 민원인에게 다시 연락을 하라고 시킨단 말인가?(최근 서해에서 낚시 배가 다른 배에 추돌당해서 전복된 사고가 있었다. 배안의 에어 포켓에 대피해 있던 분들이 스마트 폰으로 해경에 사고 신고를 했지만, 해경에서 전화를 받던 분의 응대하는 자세는 내가 경험했을 때와 비슷했다. 그 음성 녹음된 파일을 들으면서 20여 년 전의 그 분이나 지금이나, 공직에 있는 분 중에는 왜 이렇게도 생각을 바꾸지 않는 분들이 여전히 있나 싶었다.)

민원을 즉각적으로 친절하게 잘 처리 하시는 공직자가 대부분이고 그런 경우에는 민원인의 불만이 없으니까 그대로 묻혀버리겠지만, 어쨌든 내 일이 아닌데도 문제를 분석해서 자료를 보냈고 대한민국 국민들이 재산상의 손실은 말 할 것도 없고 부상을 입거나 죽어가는 데도, 그 분이 해당 구청으로 연락을 해서 상식선에서 빨리 처리해 줄 수 있는 사항을 민원인에게 관할이 아닌 구청에 잘못 보냈으니 해당 구청에 다시 보내라는 이야기를 하는 데는 너무도 감동(?)해서 할 말을 잊을 지경이었다.

최근에 네이버 지도에서 그 지역을 다시 확인해보니 상식적으로는 분명 A구청 관할 지역인데 주소는 B구청 지역으로 나왔다. 그러다보니 가로등이 꺼져있어도 해당 구청은 관할의 사각지대에 있어 제대로 점검을 못했던 것이 아닐까 싶었다. 똑같은 자료를 다시 정리해서 보냈더니 해당 구청에서 전화가 와서 자세히 물어보기에 그 지역 위치를 알려주고 어떤 문제가 있는지를 설명 드렸다.

그리고 나서 며칠 후 T자 삼거리를 통과하면서 보니까 내가 지적했던 지역의 가로등도 주변의 가로등처럼 환하게 켜져 있었고 따라서 교각 주변을 쉽게 인지할 수 있음을 확인할 수 있었다. 가로등으로 인하

• 현충원 일대 도로망(붉은 V표시가 사고 지점, 다음지도)

여 사고의 위험을 최소화 시켜준 덕분에 그날 이후부터 회사가 뚝섬으로 이사를 와서 더 이상 그쪽 길을 자주 가지 않게 되기까지 나도 편하게 운전을 했을 뿐만 아니라 그 지점에서 단 한 번의 교각 충돌사고의 흔적도 발견되지 않았음은 물론이다.

돌이켜 생각해보면 나의 작은 관심에 따른 민원으로 여러 사람의 생명과 재산을 지켜줬다는 생각을 하면 지금도 마음이 뿌듯하나.

요즈음은 회사와 집을 모두 성남으로 이전한 탓에 어두운 시간에 그 지역을 통과하는 경우가 거의 없어서 지금은 가로등이 환하게 켜져 있는지 아니면 또다시 꺼져 있는지 모르겠지만 혹시라도 그 지역을 자주 지나시는 분들은 국립현충원에서 올림픽도로로 접어들기까지의 길에

사랑은 행동이다

있는 가로등의 상태를 유심히 관찰하셔서 혹시라도 가로등이 꺼져있으면, 구청에 전화라도 한번 해주시기 바란다. 그것이 이 땅에 함께 사는 수도 서울의 대한민국 국민을 교통사고의 위험에서 지켜주는 행동이 아니겠는가? 나는 이런 것도 인간 사랑의 작은 실천이라고 믿는다.

제2부

# 사랑의
# 힘

# 사랑의 힘

끊임없이 밀려오는 이 불안함은 어디서 오고 있나?

대학 다니던 시절 밝은 표정의 친구들과 신나게 수다를 떨고 있어도, 신촌 독수리다방에서 허스키한 목소리의 DJ가 음악 해설에 더해서 들려주는 달콤한 음악에 젖어서 행복을 느낄 때도, 대학 4년 동안 외삼촌, 외숙모님이 따뜻하게 보살펴주시는 그 시간에서도 나의 내면에서는 어딘지 모르는 깊은 곳에서 올라오는 끊임없는 불안감은 시간과 장소를 가리지 않았다.

산 친구들과 같이 등산을 하거나 암벽에서 초긴장상태에서의 짜릿

함을 경험할 때는 잠시 잊었다가도 다시 일상의 생활로 돌아오는 순간부터 내 영혼에는 마치 흉악한 범죄를 저지르고 이를 감추고 있는 범죄자처럼 불안감이 스멀스멀 밀려왔다.

그 원인이 뭘까?

그런데 그 불안감의 근본적인 원인을 나는 너무도 잘 알고 있었다.

나를 끊임없이 괴롭히는 불안의 원인은 바로 '아버지'였다. 어릴 적부터 아버지는 우리 가족이 피하려고 해도 피할 수 없는 공포의 원천이었다.

몇날 며칠 동안 밤새도록 도박으로 있는 돈, 없는 돈 다 날리고 심지어는 집문서까지 잡혀먹고 퀭한 눈으로 돌아와 우리들과 어머니를 쳐다볼 때의 아버지의 눈은 아버지나 남편의 눈이 아니었다. 피에 굶주리고 살기로 기세등등한 짐승의 눈이었다. 마치 뭔가 트집 잡을 것이 있으면 분노를 발산하려고 작정한 그런 분위기였다.

우리 다섯 형제들은 그런 아버지와 시선을 마주치지 않으려고 아버지가 계시지 않는 방에 모여서 벌벌 떨고 있었다. 왜냐하면 아버지가 도박판에서 다 잃고 온 날에는 요즈음 식으로 이야기하면 분노조절장애 증상이 있는 아버지가 가재도구를 박살내는 소리가 온 집을 뒤흔들어 놨기 때문이었다. 그래서 우리 집의 집안 가구와 그릇은 1년에도 몇 번씩 다른 것으로 바뀌어져 있었다.

그런데 나에겐 1년에 두 번 찾아오는 해방의 시간이 있었다. 여름방

사랑은 행동이다

학과 겨울방학 때 이종사촌(최상일, 훗날 KBS의 '한민족리포트'에 킬링필드의 한국인 의사로 나왔던 바로 그 사람이다.)과 방학하는 바로 그날, 대구에서 완행 기차로 2시간 거리의 청도와 밀양 사이의 시골 마을인 유천의 강가에 있는 외갓집에 갔다. 외갓집이 바로 나의 해방구였다. 외갓집에 도착하면, 아니 외갓집으로 출발하는 그 순간부터 마치 영화 '쇼생크 탈출'에서 교도소에 갇힌 죄수들이 갑자기 스피커를 통해 아름다운 음악을 들었을 때와 같은 완전한 해방감을 느꼈다.

거기다가 외할아버지와 외할머니께서는 우리가 방학 때 오는 것을 누구보다 크게 반겨주셨고 방학이 끝나 갈 때에는 마당에 놀고 있는 토실토실한 토종닭 한 마리를 잡아서 맛있는 백숙을 만들어주셨는데 이 또한 먹거리가 부족한 그 시절에는 큰 행복의 한 가지였다.

그렇게 외갓집에 있을 동안에는 만성적인 불안감에서 해방될 수 있었지만 방학이 끝나고 집으로 가는 기차를 타게 되면 나를 괴롭히던 고질병인 회피할 길 없는 불안감이 시작되었고, 대구가 가까워지면 질수록 그 불안감은 증폭되었다.

먼 훗날이 되어서야 알게 된 사실이지만 방학이 되어도 어머니를 돕느라 집에서 빠져나오지 못했던 누님과 여동생은 항시 그 지옥 같은 분위기에서 아무런 방어막 없이 그대로 아버지가 만들어 내는 13일의 금요일 같은 공포를 받아들일 수밖에 없었다.(누님은 방학 때면 시골 외갓집에 가는 내가 너무 너무 부러웠다고 했다.)

차라리 없는 게 더 나을 것으로 생각할 정도로 남편과 아버지로서 본연의 역할을 전혀 하지 않은 아버지로 인하여 혼자서 다섯 자식을 키우면서 어머니는 아버지에 대한 분노를 대신하여 누님과 여동생에게 분출하셨다. 때문에 누님과 여동생은 아버지뿐만 아니라 어머니의 분노에도 그대로 노출되어 있었다.

내가 그런 가정 분위기에서 완전히 벗어날 수 있는 유일한 방법은 서울의 명문대학에 입학하는 것이었다. 왜냐하면 나와 상일이를 대학 4년 동안 보살펴주겠다는 외삼촌께서 내 걸었던 최소 조건은 서울의 두세 개 상위권 대학의 공대에 입학하는 조건이었기 때문이기도 했고 그 조건이 아니라면 가난한 가정형편으로 인해 학비가 싼 지방 국립대학에 진학해야 했기 때문이었다. 그런데 지나놓고 생각해보면 아버지가 만들어 내는 공포 분위기가 내가 서울의 명문대학에 꼭 들어가야 하는 강력한 동기 중 한 가지가 되었다. 나는 고등학교 2학년까지 하위권에서 빌빌거리다가, 쇼생크 탈출을 하려고 고 3때 단 1년 동안 코피를 쏟으며 열심히 공부한 덕분에 서울로 유학 올 수 있었다.

내가 시험에 합격해서 서울로 유학을 가는 순간부터 아버지의 공포에서 빠져나와서 외삼촌 외숙모의 따뜻한 보호 속에 대학생활을 할 수 있게 되었다. 그런데 목표로 세웠던 대학에 입학했고 두 분이 만들어 주신 따뜻한 가정에서 행복한 생활이 시작되었음에도 불구하고 어릴 적부터 가슴을 두근거리게 했던 공포에 의한 불안감은 대학 4년 동안

•하와이 카우아이에서의 결혼 35주년

만이 아니라 군대생활을 할 때도 꾸준히 나의 영혼을 지배하고 있었다.

나의 이런 정신적 불안감은 대학 4학년이 시작되면서 찾아온 여자 친구(지금의 아내)와의 사랑이 영글어 갈수록 조금은 옅어지긴 했으나 우리 집의 치부를 여자 친구에게 들킬까봐서 전전긍긍했었고, 여자 친구 집안과 우리 집과의 경제적인 격차가 너무도 컸을 뿐만 아니라 그 시절 대학원을 다니던 여자 친구는 학벌에서도 나보다 앞서 있었기에, 사귐의 시간 동안에도 이 행복이 사상누각이 되어 쉽게 허물어지지 않을까 불안했다.

다행스러운 것은 여자 친구가 학벌이나 경제적인 부분에 대해서는 크게 관심을 두지 않았고 대학산악부에서 산행을 하면서 봤던 선배에 대한 좋은 모습만 간직해주었기에, 처가의 반대에도 불구하고 여자 친구의 고집으로 결혼까지 도달할 수 있었다.

아내와 결혼을 하고 나서 안양 비산동에서 신혼의 보금자리를 마련한 후에도 아내는 대학원 과정을 장인어른의 경제적 도움으로 계속했고 나는 방위산업체 연구소에서 직장생활을 시작했다.

이제는 나도 아버지에 얽매인 자식의 굴레에서 벗어나서 독자적인 가정의 가장이 되어 더 이상 아버지에 대한 공포를 느끼지 않아도 되었을 뿐만 아니라, 아내와 함께 주말이면 등산을 하면서 우리만의 행복한 삶을 만들어 갈 수 있기에, 어머니에 대한 안타까움과 누님과 여동생에 대한 미안함은 그대로 남아 있었지만 신혼생활 6개월 만에 항상 나를 지배하던 내면속의 공포와 불안감은 완전히 자취를 감추고 말았다.

태어나서 무려 27년 만에 느껴본 영혼의 자유로움이었다.

나의 이 자유로움은 1984년 5월에 석현(큰아들)의 백혈병으로부터 나의 위암, 아내의 폐결핵, 그리고 임신한지 6개월 된 태아의 유산이 연속해서 닥치는 바람에 불과 4년이란 짧은 기간 만에 박살이 나고 말았다. 그때부터는 아버지를 대신해서 죽음에 대한 공포가 우리 가족을 짓눌렀다. 하지만 내 곁에는 항상 따뜻한 마음으로 믿고 따르고 위로해주는 아내가 있었기에 어릴 적처럼 불안감이 나의 정신세계를 지배하진 않았다.

그러고 보니 아내와 함께 한 세월이 80년 3월부터이니 올해로 38년째에 접어들었다. 등산, 배낭여행, 암벽등반, 스쿠버다이빙 등 햇볕에 노출되는 야외 운동을 즐긴 탓에  내 얼굴은 어느새 주름살과 점투성이의 얼굴이 되었다. 하지만 어떠랴. 그게 세월의 훈장인 것을… 아

•아내와 스쿠버다이빙

내와 서로 아끼고 사랑하는 마음으로 살았던 삶은 나에게 사랑의 힘이 무엇인지 느끼게 해 주었다. 하지만 내가 아내와 알콩달콩 사랑하면서 살면 살수록, 가냘픈 몸으로 가정을 지키고 자식들을 공부시키느라 고생만 실컷 하시고 돌아가신 어머니가 그리워진다.

그렇게 어머니와 자식들을 엄청나게 괴롭혔던 아버지였지만 경제적 지위가 자식에게로 넘어온 후인 칠십이 넘으신 나이에는 본인의 잘못을 반성하면서 당신에 대한 어머니의 짜증까지도 다 받아 주셨다. 어머니는 젊었을 적에 아버지로 인한 만성두통에 시달리면서 '명랑''명신'이란 이름의 두통약을 매일 드셨는데 결국 어머니는 두통약에 의한 부작용(이 약은 효과도 좋고 가격도 저렴했지만 간경화를 유발하는 부작용이 심각하여 훗날 판매금지 되었다.)으로 노년에 간경화가 왔다.

어머니의 간경화가 간암으로 다시 폐로 전이되면서 당신의 잘못이 도화선이 되어 어머니께서 편찮으시다는 생각으로 아버지는 많이 괴로워하셨다. 그리고는 매달 한 번씩 대구에서 서울의 종합병원까지 함께 다니시면서 어머니의 따뜻한 친구가 되어주셨고 특히 어머니가 입원했을 때는 병간호까지 솔선해서 해주셨다. 자식들도 어린 시절 아버지가 만들어낸 귀곡산장 분위기의 집에서 모두 바르게 잘 자랐기에 하늘나라에서는 어머니로부터 용서를 받으셨으리라 싶다.

돌아오는 추석에는 영천 호국원에 합장해 계신 부모님 산소에 가봐야겠다.

사랑은 행동이다

# 사랑과 긍정의 마음은
# 죽음도 이겨내는 힘

대학을 졸업한 후 3년 반 동안 다니고 있던 직장(방위산업체 연구소)에서 나와서 1984년 '여의마이컴'(여의시스템의 전신)을 차렸다.

자동제어 제품 개발을 목표로 잡고 창업했지만 가진 돈이 퇴직금 외에는 거의 없었기에 8비트 애플 컴퓨터 복제품을 조립해 팔아서 장사로 손익분기점을 넘기고 이익이 생기면 하고 싶은 일을 하려고 했다.

창업 후 처음 3~4개월은 간신히 손익분기점을 맞추면서 그럭저럭 넘어가고 있었는데 4개월 후인 11월부터는 마침 불어 닥친 퍼스널 컴퓨터 붐을 타고, 애플컴퓨터 복제품은 무섭게 팔려나가곤 했다. 만들기도 전에 현금주문을 해놓고 기다리는 고객들이 있었기 때문이었다.

그렇게 정신없이 10개월 정도를 바쁘게 보냈다. 그 때는 하루 평균 12시간이상 가게 문을 열어두어야 했다. 시흥에 있는 아파트에서 여의도 매장을 아기를 둘러매고 버스로 왕복하는 데 평균 3시간이나 걸렸다. 그러다 보니 아침에 일어나서 밥 먹고 준비하고 출근해서 근무하다 저녁에 집에 가서 샤워하고 두 살 꼬맹이를 재우고 잠자리에 들면 하루 평균 6시간도 못자는 강행군의 연속이었다. 거기다가 명절이나 크리스마스 때도 세뱃돈으로 컴퓨터를 사러 오거나 기능 확장카드 또는 게임 디스켓을 사러 오는 꼬마 손님 때문에 단 하루도 휴무일 없이 일을 해야만 했다.

• 석현이의 백혈병 치료 전의 아기시절에 엄마와

너무 바빠서 밥도 제때에 못 먹는 게 한, 두 번이 아니었고… 그렇게 정신없이 바쁘게 하루하루를 보내면서 조금씩 자리를 잡아가던 그때에 두 돌 반 정도의 어린 아기였던 석현(큰아들)이가 백혈병이라는 청천벽력 같은 선고를 받았다.

그때만 해도 백혈병은 불치의 혈

사랑은 행동이다

액암이라서 영화 〈애수의 크리스마스〉, 〈러브 스토리〉와 같이 영화의 단골 질병으로 쓰일 때였다. 나는 그때 아직 만 30살도 안되었고 57년 생인 아내는 만 27살의 나이였다. 석현이는 백혈병으로 인한 합병증인 폐렴으로 중환자실까지 가면서 죽음과 전쟁을 벌였다. 아직도 20대 나이의 부부였고 신혼의 단꿈에 젖어있던 우리 부부는 그 고통을 감당하기가 너무도 힘들었다. 설상가상으로 그때 아내는 둘째를 임신해서 6개월이 되었는데, 20대의 엄마로서는 충격을 감당하기 힘들었던지 유산했다. 하지만 우리 부부는 석현이를 어떻게든 살리려고 했기에, 아내와 상의해서 다시 아기를 가지기로 했다.

그 시절 백혈병은 재발률이 워낙 높았다. 재발하면 골수이식이 아니면 방법이 거의 없었던 시절이었다. 골수이식을 하자면 아이에게 맞는 골수를 찾아야 했는데 적합한 골수는 타인에게서는 10만 명에 한 명을 찾을까 말까한 확률이라고 했다. 그런데 형제간에는 골수가 맞을 확률이 50%라는 것이다. 그런 이야기를 병원 측으로부터 듣고서 우리 부부는 무조건 아이를 가지기로 했던 것이다.

창업한지 1년도 안된 회사는 주인이 없는 상태로 방치되었고, 치료비는 상상을 못할 정도(중환자실에서 인터페론 투약을 할 전후로는 한 주에 270만원이 소요된 적도 있었다. 그 시절 대기업 대졸 초임이 25만원 수준 이었다.)로 들어갔다. 주인 없이 직원 두 명이 지키던 회사는 적자가 누적되기 시작했다. 그런 상황에서 둘째가 태어난 날, 의사는 건강검진 결과 아내가 폐결핵이니 백혈병 치료를 받는 아들 및 신생아는 면역력이 떨어지니까 폐결핵 환자와 무조건 격리시키라고 통보했다. 석현이는 항암제 치료로 인하여 식욕이 떨어져서 밥 한 끼 먹이는데 보통 2시간이 걸렸다. 백혈병 치료를 받는 애를 어디에 맡길 수도 없었다. 엄마가 아니면 어린 아이 병간호는 거의 불가능했기에 우리는 가족의 죽고 사는 문제를 운명에 맡기기로 했다. 백혈병 걸린 아들과 갓 태어난 둘째, 그리고 폐결핵 걸린 아내가 같이 생활하면서 동시에 치료를 받기로 했다. 아내의 폐결핵 약인 스트렙토마이신은 내가 직접 주사기로 주사를 놓으면서 치료를 해 나갔다.(그 시절에는 약을 약국에서 마음대로 구입할 수 있었다.)

빚을 일부라도 갚기 위해서 그동안 어렵게 장만한 아파트를 팔아서 치료비에 보태고 시흥에 있는 조그만 아파트로 전세를 얻어 이사를 갔다.

이사 가던 그날의 참담한 심정은 다시는 되새김질 하고 싶지 않은 괴로움이었고 아내는 이삿짐을 챙기면서 많이 울었다.

돌이켜 생각해도 끔찍한 시간이었던 그때에 우리 가족에겐 또 다른 날벼락이 기다리고 있었다. 바로 그 다음해에 집안의 가장이었던 내가 위암 진단을 받고 수술대에 몸을 뉘인 것이다. 83년 창업에, 84년 첫째

사랑은 행동이다

의 백혈병과 둘째의 유산, 85년에 다시 임신한 둘째 출산과 아내의 폐결핵, 그리고 86년에 내가 위암수술을 받았으니 그때 우리 온가족은 죽음의 그림자를 매일 매일 느끼며 경제적으로도 완전히 거덜이 나고 있었다.

내가 위암 수술 받았을 때 백혈병 투병중인 큰애(석현이)는 4년 4개월이었고 둘째는 태어난 지 11개월의 아기였다. 이제 고작 31년을 산 나와 28살인 아내에게 그렇게 한꺼번에 죽음의 그림자가 몰려왔다. 하지만 다음과 같은 생각을 하면서 나는 죽음과의 전쟁에서 이겨내기 위한 용기를 북돋우기 시작했다.

내가 이대로 죽으면 누가 우리 아들 병 치료할 돈을 벌까?

누가 아내를 옆에서 위로해주고 지켜 줄까?

누가 아직 돌도 안된 둘째를 사랑해줄까?

평생을 자식을 위해서 모든 것을 희생하신 어머니는 누가 돌보나? 싶었다.

나 자신의 삶에 대한 애착은 그렇게 없었지만 온가족이 질병과 사투를 벌이고 있었기에 무슨 일이 있어도 살아서 사랑하는 자식과 아내를 돌봐야 했다. 죽을 때 죽더라도 자식의 병 치료는 해주고 공부도 어느 정도는 시켜주어야 했다.

아내와 나는 죽음의 그림자가 일렁이던 그 시절에 서로를 격려하고 용기를 북돋아주면서 그 어려운 시간을 이겨냈다.

그 시절에 나에겐 사랑하는 아내와 내가 돌봐야 할 투병중인 자식이 있었고 일제 강점기에 여자 정신대로 끌려갈 뻔했던 어머니가 계셨다. 외할아버지께서는 맏딸이었던 어머니를 정신대에 끌려가지 않게 하려고 급하게 신랑감을 구해서 결혼(결혼한 여자는 정신대에 뽑지 않았다.)시켰는데 결과적으로 어머니(외할아버지가 깨신 분이라서 어머니도 상당 수준까지 신식 교육을 받으셨다.)는 전혀 격에 맞지 않는 무학인데다가 요즈음 표현으로 분노조절장애자에 도박 중독증상까지 있는 아버지와 결혼함으로 인해 평생 고통 속에서 삶을 보내셨다.

어머니는 결혼하시고서 아버지가 중일전쟁(나중에 2차 세계대전으로 확전되었다)과 6·25전쟁에 참전하셨다가 전쟁 중 춘천전투에서 부상으로 52년 의병 전역할 때까지 대부분 혼자 사셨기에 결혼 후 10년이 넘어서 태어난 우리 집의 장남인 나에게 미래의 희망을 몽땅 거셨다. 하루저녁에 도박판에서 집문서를 날리고 오시기도 하는 아버지로 인하여 돈으로 고통을 겪으면서도 어떻게든 나를 대학에 다닐 수 있도록 하려고 한 어머니의 온 정성과 희생으로 키워진 내가 어머니를 두고 먼저 죽을 수는 없었다.


작년 2017년 11월 말은 내가 위암수술 받기 전에 살았던 삶의 시간과 수술 받은 후에 살았던 시간의 길이가 역전되는 시점이었다. 위를 반 이상이나 잘라내는 수술을 받은 후 극심한 소화 불량으로 인하여 이러다가 길어야 몇 년 내로 생을 하직할 것 같다는 생각이 들 정도로 힘들었다. 그러던 내가 지금까지 살아서 자식들 대학 졸업도 보고, 장가도 보내고, 손주의 재롱까지 볼 수 있으리라고는 감히 상상도 못했다.

당시 나의 소망은 큰애의 백혈병이 완치되고 둘째까지 대학에 입학하는 모습만 보게 해 달라는 것이었다. 지난 연말에 나는 아내에게 이렇게 말했다.

"이제 나는 염라대왕이 그만하면 살만큼 충분히 살았으니 이제 밥 숟가락 놓고 저 세상으로 오라고 하더라도, 더 이상 아내와 행복을 함께 나누지 못하고 떠나는 아쉬움이야 남아있겠지만 지금까지 이 만큼이라도 내 생명을 지켜줌에 감사하면서 떠날 수 있겠다."라고…

지나온 고통의 시간은 많았지만 우리 부부는 합심해서 온가족에 닥친 죽음의 공포를 이겨냈고 빚더미에 올라서 회사까지도 파산할 것 같은 어려움도 잘 이겨냈기에 더 이상 큰 욕심이 없다.

어느새 나도 지하철 경로석에 빈자리가 생기면 눈치를 보면서 슬그머니 앉아도 되는 나이가 되었고, 대한민국의 기술혁신 강소기업들을 위하여 봉사하는 협회장을 두 번씩이나 했으니 뭐가 더 아쉬운 게 있나 싶다.

거기에다가 창업했던 여의시스템도 우리 가족의 죽음과의 투병과 IMF구제금융, 카드대란, 미국 발 서브프라임 모기지론으로 인한 금융

위기 등 온갖 어려움을 겪고서도 여전히 성장하고 있으니 더할 나위가 없다.

둘째 아들 내외는 결혼하고 나서 우리 부부가 사는 집에서 같이 산다. 요즈음 유행어로 '신 캥거루 족'으로 분류되는 생활을 하고 있는데 자립할 능력이나 생각이 없이 부모에게 얹혀서 사는 자녀를 '캥거루 족'이라 하고 경제적으로도 충분한 자립능력이 있고 직장도 가지고 있으면서도 육아를 부모의 도움을 받아가면서 함께 하고 주거비는 슬쩍 부모에게 의지하여 무상으로 처리하고, 자신들이 번 돈은 꼬박꼬박 저축하는 자녀를 '신 캥거루 족'이라고 한다는 것을 인터넷에서 본 적이 있다. 그런 의미에서 둘째 아들 부부는 완벽한 '신 캥거루 족'이다.

며느리는 얼마 전에 창업해서 사무실에서 사업기획을 짜고 판교에 있는 스타트업 교육기관에서 공부하느라 혼신의 노력을 다하고 있다.

요즈음 들어서 절실하게 느끼게 되는 것이 우리가 세상에 살면서 내가 이 일을 꼭 하고 싶다고 할 수 있게 되고, 하고 싶지 않다고 안하게 되는 게 아니라는 것이다.

학창시절 대학 산악부에서 눈이 맞아서 결혼을 한 우리 부부는 지금도 역마살이 철철 넘쳐서 자식 짝 맞춰주고 분가시킨 후에는 환갑이 지나면 국내외 배낭여행을 하면서 멋있게 그리고 신나게 살기로 계획했는데… 그리고 손자 손녀 돌보미는 절대로 하지 않겠다고 했었는데…

결과부터 이야기하면 환갑도 한참 지나서 지공거사(지하철 공짜로 타는 나이의 노인)되는 날이 눈앞에 아른거리는 이 나이에도 기업을 경영하고 있는 것은 말할 것도 없고, 협회장이라는 봉사의 자리에다가, 손녀 재롱을 실컷 보면서 손녀 바보가 되는 복까지 듬뿍 받았으니, 우리 부부가 꿈꾸었던 지난 계획은 조금 더 미루고 있다.

• 아이구~~ 턱주가리 아파라

우리 부부는 몇 년 전에 아코디언을 배우기 시작했는데… 학창시절 도봉산이나 북한산에서 야영을 할 때면 배낭에 들어갈 정도의 컴팩트 사이즈의 아코디언을 가져 와서 산노래를 신나게 연주하던 산악부 후배(현 연세대 한 탁돈 교수)의 멋진 모습에 매료되어 나도 산에 가면 그렇게 아코디언 연주를 해야지 하는 의욕만 앞섰지 몸은 따라주질 않았다.

결국 나는 며칠 만에 아코디언 배우기를 포기하고 수강료만 강습소에 보태주었는데, 나의 어눌한 손동작으로는 오른 손은 건반을 잡고 왼손은 코드를 잡아야 하는 것 뿐만 아니라 양팔로 아코디언 주름을 접었다 폈다하는 세 가지 동작을 동시에 하는 것이 거의 불가능에 가까웠다.

• 노인정에서 아코디언을 연주하는 아내

오랜 시간 엄청난 노력이 따라주면 가능 하기는 하겠지만 그러기에는 내 나이도 '어느 60대 노부부 이야기'의 노래 속의 부부와 동년배의 나이가 되었고 아코디언을 배우는 것 외에도 내가 재미있게 할 수 있는 일이 많고 많은데 괜히 스트레스 받고 싶지는 않았다. 그렇지만 아코디언 배우기를 시작한 것이 전혀 소득이 없는 것은 아니었다. 왜냐하면 아내는 아코디언의 매력에

사랑은 행동이다

푹 빠져서 집에 와서도 틈만 나면 아코디언을 끌어안고 살다시피 한다.

내가 기업경영과 협회장 일로 밖을 나도는 시간이 많아서 아내를 제대로 안아주지도 못하기에 아코디언을 서방 대용품으로 삼는구나 싶기도 하지만, 그나마 아코디언을 대용품으로 삼으니 다행이지 외간남자를 대용품으로 삼았으면 나는 완전 젖은 낙엽신세가 되어서 낭패도 그런 낭패가 없었을 텐데…

아내는 그렇게 열심히 하다 보니 인터넷에 연주 동영상도 많이 올렸고 아마추어 아코디언 연주자로 노인정이나 제법 큰 행사에 봉사활동도 다닐 정도의 수준이 되었다.

등산은 학창시절부터 아내도 즐겨 했기에 부부가 같이 다니지만 암벽등반은 나 혼자 산악부 후배들과 같이 즐기고 있다. 나이가 들어서 팔 힘도 많이 약해지다 보니 이제는 난이도가 높은 데는 피하고 운동 겸해서 가볍게 등반할 수 있는 코스를 택해서 하고 있다(몇 년 전에 설악산 비선대 바로 앞의 적벽에 체력도 안되면서 의욕만 가지고 오르다가 힘들어서 아주 그냥 골로 가는가 싶었다.).

말이 나왔으니까 한마디 더하자면 나는 아직도 기업도 경영하고 아내와 같이 등산도 하고 틈틈이 암벽등반도 즐기고 아내는 열심히 봉사활동도 하는데 우리 부부같이 건강한 60대는 '지공거사' 반열에서 제외시켜 주는 게 지하철 적자도 줄이는 방편이 아닐까도 싶다.

얼마 후면 지하철 공짜로 태워주는 나이가 된다니까 왠지 갑자기 팍

늙어버리는 것 같고 아직도 지나가는 멋진 글래머 여인을 보면 나도 몰래 마음속으로나마 품어볼 정도로 철이 안든 인간인데 지공거사가 되면 그런 여인들이 남자로 쳐주지도 않을 것 같아서 괜히 헛소리 한 번 해봤다.

사랑은 행동이다

# 내 사랑이 시작되던 날

"폭설로 설악산 입산이 전면 금지되었습니다."

겨울 방학기간을 이용하여 동계 설악산 등반을 하려고 마장동 시외 버스 터미널 주변의 여관에 산행하기 전날 모여서 부족한 부식을 구입 하고 배낭을 꾸린 후 이른 새벽에 설악산 가는 시외버스를 타고 가까 스로 백담사 초입의 용대리에 어렵게 도착한 우리 팀(남자대원 5명, 여 자대원 3명)에게, 입구를 지키던 산악 경찰관들은 한마디로 산행불가 를 통보했다.

•어느 봄날의 설악산 수렴동 대피소

1978년 1월 강원도에는 눈이 엄청나게 내렸다.

특히 설악산 일원에는 무려 150cm나 되는 눈이 내렸다. 그 기록이 2014년 겨울에 깨졌다는 뉴스를 봤으니까 그 시절에도 보기 쉽지 않은 폭설이었다. 거기다가 내린 눈의 대부분이 우리가 마장동에서 장비를 꾸리던 전날 밤부터 시작해서 출발하던 날 새벽 사이에 내렸었다.

1970년대만 해도 겨울 장기등반을 하려면 장비를 준비하는 데 비용이 만만치 않게 들었다. 며칠 동안 설악산에서 텐트를 치고 야영(그 시절에는 국립공원에서 야영하는 것이 불법이 아니었다.)을 해야 했기에

사랑은 행동이다

동계용인 윔퍼 텐트는 산악회 공용 장비를 사용한다 치더라도 동계용 비브람 등산화, 아이젠, 키슬링 배낭(장기등반 용 초대형 배낭)을 준비해야 하는 등 장비를 준비하는 데도 대학교 한 학기 등록금의 1/3은 들었다. 돈이 어디 풍족했나? 여기저기서 꾼 돈으로 간신히 장비를 준비해서 설악산 입구에 도착했건만, 우리는 여지없이 문전박대를 당했던 것이다.

요즘 같으면 어림도 없었겠지만 그날 우리는 산악경찰 아저씨에게 이렇게 말했다.

"대학 산악부라서 안전은 우리가 더 잘 챙긴다. 여기보다 수십 배나 더 위험한 히말라야에 가는 것도 안 막는데 설악산은 왜 못 들어가게 하나?"

"서울에서 여기까지 오는데 7시간이 넘게 걸렸는데 그냥은 절대로 못 돌아간다."

(폭설로 길이 막혔다는 뉴스를 들었지만 우리들은 가는 데까지 가보자며 우선 길이 뚫려있다는 홍천 시외버스 터미널까지 가는 표를 끊어서 출발했고, 홍천까지 오는 도중에 라디오 뉴스에서 군인들을 동원해서 인제까지 길을 뚫었다기에 홍천에서 인제까지… 다시 원통까지… 마지막으로 용대리까지, 이렇게 버스표를 네 번이나 구입하면서 간신히 도착했기에 시간이 많이 소요되었다.)

거기다가 "내가 불과 두 달 전에 제대를 했기에 젊은 후배들을 안전하게 잘 챙길 수 있다."

심지어는 "못 들어가게 하면 우리가 산행 준비하느라고 들어간 돈을 모두 돌려 달라."

요즘 생각하면 말도 안되는 이야기지만 하여간 말도 안되는 온갖 생떼를 무려 2시간 넘게 부리다 보니까 질려버린 산악경찰 아저씨가 위험지역에는 들어가지 않는 조건으로 출입허가를 내주었다(우리가 설악산에 들어가기 불과 며칠 전인 78년 1월 7일 설악산 칠성봉 계곡에서 눈사태로 한양대 학생을 포함해서 4명이 숨졌고, 2년 전인 76년 2월에는 공룡능선에서 '1977 에베레스트 동계등반훈련'을 하던 최 수남 대장을 포함한 4명이 역시 눈사태로 사망했기에 입산 통제가 더욱 심해져 있었다.).

그렇지만 이와 같은 생떼가 우리들을 큰 위험에 빠져들게 할 줄은 그때까지만 해도 상상도 못하고 입산 허가를 받은 것만도 좋아서 희희낙락하며 용대리 입구에서 백담사 산장까지 켜켜이 쌓인 눈을 러셀(눈을 다지면서 길 내기) 하면서 걷다보니, 겨울 어둠이 계곡을 완전히 뒤덮은 저녁 6시가 넘어서야 백담 산장에 도착했다.

추운 날씨와 늦은 저녁 식사에도 무사히 백담 산장까지 오게 된 것만도 기분이 들떠서 시끌벅적 소란을 떨면서 식사를 했다. 입산이 전면 금지 되었기에 산장에는 떼를 쓰고 들어온 우리 팀 말고는 다른 팀이 아무도 없었고 털보 산장지기도 눈에 갇힌 산속에서 2~3일 만에 처음 보는 등반대라면서 반가움이 더했는지 소란을 떠는 데도 편하게 대해주셨다.

그날 영하 20도를 넘나드는 겨울 산에서 난방시설도 없는 산장에서 밤을 보내면서 그 시린 발을 어떻게 감당했는지 지금도 그날 밤을 생각하면 나도 모르게 발부터 시려온다.

산행 계획상으로는 우리들의 첫날의 목적지가 옥녀탕 앞의 수렴동 대피소였는데 이런저런 일이 생기면서 어쩔 수 없이 첫날밤을 백담 산장에서 지냈기에 둘째 날은 새벽 4시에 일어나서 바쁘게 서둘렀다.

6시가 조금 넘어서 아직도 어둠에 잠긴 산장을 출발했는데 워낙 많이 쌓인 눈으로 인하여 대원들이 돌아가면서 러셀을 하면서 길을 뚫느라 5시간 만인 11시가 훨씬 넘어서야 수렴동 대피소에 도달했다.

행동식량으로 준비한 싸늘하게 식은 식빵을, 분유 끓인 물에 적셔서 가벼운 점심 식사를 한 후 오늘 봉정암까지는 어떻게든지 가자면서 등반대장에게 준비되는 대로 앞장서서 끌면 내가 뒤에서 대원들을 독려하면서 따라 가겠다고 했다.

그때만 해도 아이젠 매는 줄을 매고 푸는 것이 지금과 같이 편리하게 되어 있질 않아서 여성대원들의 경우에는 남자대원들이 도와주어야 했기에 후미에서 등반팀 동료들을 도왔던 나는 항상 출발까지 시간이 많이 걸렸다.

그리고서 대피소 문을 나서는 순간…

아뿔싸!

새벽부터 지속적인 러셀로 지친 등반대장은 대피소 좌측으로 난 눈이 덮여서 흔적도

•키슬링 배낭

없는 등산로로 가지 않고 세찬바람에 눈이 날아가서 투명하게 얼음판이 반들반들하게 드러난 대피소 앞 옥녀탕 계곡의 얼음판 위를 통과하고 있었다.

동료들의 아이젠 묶는 것을 도와준 후 마지막으로 나의 아이젠 줄을 묶고 대피소를 출발했을 때는 우리 대원 여덟 명 중 네 명은 벌써 작은 얼음 절벽을 넘어서 올라가 있었고 다섯 번째 여성대원이 얼음 턱을 올라가려고 애를 쓰고 있었다(참고로 수렴동 대피소 앞의 옥녀탕 계곡은 지금은 오래전에 폭우 때 상류에서 굴러 내려온 돌로 메워져서 많이 얕아졌지만, 그 시절만 해도 여름산행 때는 바위 위에서 다이빙을 할 수 있을 정도인 4~5미터 깊이였다. 또한 그 시절에는 설악산에서 취사, 야영, 그리고 계곡에서의 수영이 불법이 아니었음을 독자들은 이해해주시기 바란다.).

그런데 다섯 번째로 얼음 턱을 올라가는 여성대원은 아담한 체격에

사랑은 행동이다

• 설악산 겨울계곡과 얼음폭포

등에 진 배낭이 워낙 무거워서 혼자서 얼음 턱을 넘기가 쉽지 않은 것 같았다. 바로 뒤에 따라가던 남자대원이 가까이 가서 얼음 절벽을 올라가는 것을 도와주는 순간!

"와지직!" 소리를 내며 두 사람의 체중과 배낭무게를 이겨내지 못한 얼음판이 그대로 무너져 내렸다. 물에 빠진 두 사람은 간신히 얼음 난간을 잡고 버티는 상황이었고 계곡의 세찬 골바람과 영하 15~6도를 오르내리는 얼음 물속에서 머리만 물밖에 내놓고 있었다. 이미 얼음 난간을 올라간 네 명은 아래로 내려가기 위한 얼음 스텝이 붕괴해버려서 물에 빠진 두 명을 도와줄 방법이 없었기에, 얼음판 위에 남아있던 나와 후배대원 한명이 두 명의 구조를 감당해야 했다. 자일을 던져서 물에 빠진 두 명이 얼음판 밑으로 떠내려가지 않도록 묶은 후 나와 같이 있던 후배를 자일로 묶은 다음 얼음판을 기어가게 해서 먼저 두 명이 맨 배낭을 벗겨서 얼음판 위로 끌어 올렸다.

물에 빠지고 나서 배낭을 벗길 때까지 시간이 15분 가까이 흘렀기에 얼음 물속에 있는 두 명 중, 남자 대원은 얼굴이 시퍼렇게 변하기 시작하면서 저체온증에 빠져들고 있었다. 일반적인 생각으로 남녀가 물에 빠지면 당연히 여성대원을 먼저 건져 올리려고 했으나 남자대원의 얼굴색의 변화를 보고는 순서를 바꿔서 남자대원부터 먼저 끌어 올렸다. 뒤이어 여성대원을 구출했다(여자가 체지방이 많아서 얼음물 속에서 훨씬 더 잘 견딘다는 것을 이날 이후로 확실히 알았다. 같이 물에 빠진 남자는 저체온으로 얼굴색이 시퍼렇게 변하고 있었는데 여자는 나중에 구출했는데도 그때까지 얼굴이 발그스름하게 홍조를 띠고 있었다.).

그나마 불행 중 다행이었던 것은 수렴동 대피소에서 점심식사 후 출발한 직후에 사고가 났기에 대피소로 후퇴를 해서 옷을 갈아입히고 굳은 몸도 문질러주었고 대피소에 겨울을 대비해서 준비되어 있던 화목으로 군불을 때는 바람에 시간은 많이 경과되었지만 저체온에 빠졌던 후배도 많이 회복이 되었다.

우리들만이 있었던 대피소에서의 그날 밤!

다시 살아서 돌아와 준 후배들로 인하여 얼마나 행복한 밤이었는지…

웃고 떠드는 바람에 밤늦게까지 대피소는 웃음소리가 가득했다.

다음날!

이틀 동안의 산행 일정에 차질이 생긴 우리들은 꼭두새벽부터 서둘렀다.

그날의 목표는 대청봉 부근의 군용 폐 막사(그 시절만 해도 시멘트 구조물만 남아있었던 때였는데 그 후 80년대에는 이 폐 막사를 보수해서 대청 산장으로 잠시 사용했던 적이 있다. 그때까지는

•설악산 대청봉 군용폐막사

아지 중청이나 소청에는 대피소가 없었다.)까지 잡았기에 우리는 어떻게든 대청봉까지 올라가기로 했다.

폭설 이후로 아무도 지나간 흔적이 없는 계곡의 깊은 눈으로 인하여 가슴까지 차오르는 눈을 러셀도 하고, 힘이 부치는 대원들의 배낭 속의 짐을 나눠지기도 하면서 격려와 윽박지름 끝에 안개 속에 희뿌연

달빛이 비치는 밤 8시가 넘어서 간신히 대청봉의 폐 막사에 도착했다.

체력적으로 거의 탈진한 대원들은 저녁 먹을 생각도 않고 바람에 날려 온 눈이 막사 안에 수북이 쌓였는데도 불구하고 그냥 판초 우의를 깔개 삼아서 침낭 속으로 들어가자마자 깊은 잠에 들었다. 혹한의 겨울에 거의 14시간 동안 러셀을 하면서 길을 뚫었던 등반대장은 말할 것도 없고 그 눈 속을 허리까지 푹푹 빠지면서 함께 걸었던 대원들은 얼마나 힘이 들었을까?

뒤에서 처지는 대원들의 배낭 짐도 일부 받아서 졌던 나도 힘이 들긴 마찬가지였지만, 후배들의 정신적 버팀목인 선배로서 해야 할 일을 마무리해야 했다.

제일 급선무는 식사준비를 해서 잠이 든 동료들을 깨워서 먹인 후 재워야 하는 것이었다. 먹지 않으면 체력적으로 탈진한 동료들에게 영하 20도가 넘는 혹한의 폐 막사 안에서 밤사이 무슨 일이 생길지도 몰랐기 때문이었다. 파김치가 된 몸으로 슬로우 비디오 영화 촬영하는 것처럼 천천히 배낭에서 쌀과 꽁치 통조림을 꺼내서 식사준비를 하려는데…

잠을 자지 않고 나를 도와주는 여자 후배가 있었다. 도와주는 여자 후배와 같이 눈을 녹여서 밥을 하고 찌개를 끓인 후, 곯아떨어진 후배들을 억지로 깨워서 반강제로 먹였다.

1978년 1월 대청봉에서의 밤은 폐 막사 밖을 지나가는 거센 바람소리와 함께  도와주는 여자후배의 모습에서 언뜻 언뜻 사랑의 향기를 느끼면서 그렇게 깊어만 갔다.

대청봉에서 나를 도와 식사 준비를 함께했던 여자 후배는 수렴동 계곡에서 얼마 전에 군대를 제대한 복학생 선배가 물에 빠진 동료를 구출해내는 모습을 절벽 위 얼음 턱 위에서 가슴 졸이며 지켜봤고, 그 힘든 대청봉까지의 오름길에서도 후배들을 독려하느라 본인도 힘이 들텐데도 '마누라 송(Song)'을 부르며 후미를 지키던 선배의 모습이 너무 멋있게 보였다고 한다.

그 때 그 여자 후배가 바로 지금의 내 아내이다.


* 마누라 Song (축배의 노래 곡으로)

마누라~~ 마누라 마누라 때리지 마~~

불쌍한 이 남편을

마누라~~ 마누라 마누라 때리지 마~~

불쌍한 이 남편을

마누라가 십어던진 재떨이에

연약한 내 머리 빵구났네.

마누라~~ 마누라 마누라 때리지 마~~

불쌍한 이 남편을

마누라가 한번만 봐준다면

•일본 북알프스 대설계에서

다시는 영자 씨를 만나지 않겠소

마누라~~ 마누라 마누라 때리지 마~~

불쌍한 이 남편을

마누라와 함께 걷던 그 바닷가

마누라와 함께 걷던 그 설악산

마누라~~ 마누라 마누라 때리지 마~~

옛정을 생각해서…

(아내는 영하 20도 아래의 혹한의 백담 산장에서 추운 밤을 보낸 것을 두고 "우리가 이렇게 한 이불 덮고 살게 되는 것을 알았다면 그 추운 날 꼭 끌어안고 잤을텐데…"하며 후회 아닌 후회를 하곤 해서 종종 나를 웃긴다. 난방이 안되는 산장보다는 눈 위에 친 텐트 안에서 잠자는 게 훨씬 따뜻하다는 것을 그때 알았다. 설악산 동계등반 후 보름 정도 지난 후에 남자 후배 두 명과 설악산 십이선녀탕 계곡을 넘었는데 도중에 텐트에서의 밤은 완전 숙면을 했을 정도로 포근했다.)

# 아버님! 저도 등산 따라 갈래요

중소기업 단체 회장을 맡으면서 첫 번째 생각했던 것이 어떻게 하면 성공한 기업체 CEO들의 연결고리를 만들어서 글로벌 진출과 중견기업으로의 도약, 그리고 일자리 창출이라는 세 가지 목표를 달성할 수 있을까 하는 부분이었다.

따지고 보면 기업 자체의 성장이 자연스럽게 일자리 창출로 이어지는 것이겠지만, 요즘 청년 실업 문제 등의 일자리 문제가 사회적 이슈이니만큼 일자리 창출은 기업들의 사회적 사명이라 생각해야 한다.

취임사에서 '혁신 그리고 따뜻한 동행'을 강조한 것도 그 이면에는

사랑은 행동이다

혁신을 통한 기업의 성장과 일자리 창출을 통한 따뜻한 동행이라는 의미가 내포되어 있었다. 그러자면 우선 기업인들을 강하게 결속시키는 것도 협회장의 할 일 중의 하나였다. 경험으로 보자면 사람을 결속시키는 데 등산만한 게 없다. 그래서 이노비즈 기업인들을 따뜻하게 결합시키려고 등산모임을 만들었다.

기업인들을 묶어서 서로의 체온을 느낄 수 있게 되면 융복합 비즈니스가 가능하게 될 것이라고 생각했다. 서로의 체온을 느끼는 '따뜻함'을 위해 실제로 등산뿐만 아니라 융복합, 독서토론회, 역사기행, 해외 배낭여행, 합창단, 골프 등의 여러 소모임을 만들었다. 그 전에는 없던 모임이 만들어지면서, 기업인들은 동료의식들을 느끼면서 강한 결속력을 보이기 시작했다.

하루는 경복궁역을 출발해서 인왕산과 북악산을 거쳐서 숙정문으로 내려가는 코스를 택하여 등산과 더불어 역사의 숨결도 함께 느껴보는 산행을 계획했다.

그런데 그날따라 산에 갈 때면 빠지지 않고 늘 함께 따라나서던 아내는 아코디언 모임에서 경로당 봉사활동을 가는 바람에 함께 하질 못했고 결혼한 둘째 아들은 대학원 면접시험 치르는 날이라서 새벽부터 면접시험에 대한 준비로 정신이 없었다.

결국 나 혼자 산행에 참석하려고 주섬주섬 배낭을 꾸리고 있는데 한집에 살고 있는 며느리가 "아버님! 저도 등산 따라갈래요." 하면서 나서질 않는가.

며느리의 친정 부모님은 두 분 다 교편을 잡으셨는데, 우리 부부와 첫 상견례에서 막 시집가는 딸에게 "어른들이 바로 분가하라고 하더라도 시집에서 최소한 몇 달은 같이 살면서 가풍도 익힌 다음에 분가하더라도 하라."고 이야기하셨다. 그 말씀에 며느리는 두말 않고 시부모가 사는 집에 들어와서 살았던 엄친아(엄친며느리?)

•며느리와의 인왕산 성벽길 산행

다. 그렇게 한 집에서 함께 몇 달을 같이 지낸 후 아내와 상의해서 부근에 조그만 아파트를 전세로 얻어 줄까 생각하던 중에, 아들 내외는 훗날 자기들이 아기를 낳으면 아파트보다 전원주택의 잔디밭에서 뛰어 놀게 하는 것이 더 좋겠다면서 우리 부부에게 제안하기를 "저희들이 부담되지 않으시면 한집에서 같이 살고 싶다"라고 하는 바람에 지금까지 같이 살게 되었다.

아들 내외가 우리에게 그냥 같이 사는 것도 아니고 아들은 아들대

사랑은 행동이다

로 직장에 다니고 있고 며느리는 창업(얼마 전 Start-up 경진대회에서 최우수상을 받았다.)을 해서 나름대로 열심히 살아가는데다가 늙은 시부모와 같이 살다보면 분명히 힘이 들어서 언젠가는 나가겠다고 하겠지 싶어서 그때까지는 같이 살기로 했다.

며느리는 성격이 워낙 낙천적인데다가 애교도 많았다. 아내도 말썽꾸러기 아들 둘만 키웠지 딸을 키워보지 못했기에 며느리를 대하는 태도가 남달랐는데 며느리의 애교도 한몫 했으리라 싶다. 평일에는 아내도 회사에서 무역 및 전산업무를 담당해서 아침 일찍 출근해서 저녁에 집에 오고, 주말이면 남편을 따라 등산이나 여행을 가든지 혹은 아코디언 봉사활동을 했기에, 집에 있는 날이 거의 없었다. 때문에 아들 내외와 한집에 살아도 아침 식사시간 외에는 얼굴을 대할 시간도 많이 없었다. 그러다 보니 서로가 특별하게 불편함을 느끼지 않고 지냈고, 어느새 여러 해동안 한 집에서 같이 살고 있다.

시아버지와 며느리가 배낭을 메고 집에서 전철역까지 걸은 후 다시 선철을 타면서 이런 이야기 저런 세상살이, 비즈니스, 창업 이야기를 나누며 등산가는 모습은 일반적인 가정에서는 별로 익숙하지 않은 모습이겠지만, 애교가 많은 며느리와 몇 년을 같이 살다보니 우리 부부에게 있어서 이런 모습은 특별한 일이 아닌 편한 삶의 일부분이 되었다.

산행 출발 장소에 도착했을 때, 함께 산행을 할 기업체 CEO들이 보기에 시아버지와 며느리가 산행을 같이 하는 것이 상당히 이질적으로 보였던 모양이었다. 어쨌든 나와 며느리는 기업인들과 같이 산행을 시작했고 함께한 기업인들과 부인들도 어린 나이의 며느리를 잘 돌봐주어서 산행도중에는 내가 며느리를 위해서 크게 신경 쓸 일은 없었다. 어쩌다가 성벽에서 사진을 한 두 번 찍은 것 외에는…

며느리와 한 집에 같이 살다보니 때로는 아주 특별한 경험도 하게 된다.

예를 들면 협회장을 하면서 해외 경제사절단으로 나가게 될 때면 며느리가 현관까지 따라 나와서 잘 다녀오시라면서 시아버지를 가볍게 백허그 해 주는 것도 아들 키울 때와는 다른 특별한 경험 중 한가지였다. 좌우지간 우리 부부는 며느리와, 며느리는 시부모와 같이 사는 게 아직까지는 별로 불편하지 않다.

예를 들면 이런 일도 종종 있다.

시어머니가 양푼이(알루미늄 그릇)에 밥을 비벼서 먹고 있으면 슬며시 곁에 가서 시어머니의 양푼이 밥을 함께 먹는다.

늦가을에 내가 베란다에서 집수리를 하고 있으면 조그만 공기에 홍시를 한 개 담아 와서는 티스푼으로 시아버지와 같이 나눠먹는 것도 별로 개의치 않는다.

아, 참!

생각해보니 한두 가지 조금 불편한 게 있긴 하다.

사랑은 행동이다

예를 들어 아침에 일어나서 머리카락이 엉망이 된 부스스한 얼굴로 또는 속옷차림으로는 식탁에 밥 먹으러 갈 수가 없다. 항상 얼굴과 옷을 어느 정도 단정히 하고 가야 한다. 거기다가 샤워하기 전에 문을 꼭 닫아두지 않으면 잘못하다가 시아버지의 볼품없는 아랫도리를 며느리가 볼 수 있기에 문이 단단히 닫혀있는지를 확인해야 한다.

며느리야 편하게 우릴 대하지만 우리 부부는 항상 조심을 한다. 왜냐하면 주변에서 며느리와 사이좋게 지낸다고 항상 자랑하던 분들이 어느 날 시부모와 며느리 사이에 냉랭한 분위기가 만들어 지면서 아들 집에도 거의 가지 않을 뿐만 아니라 며느리 욕을 하는 경우를 종종 봤기 때문이다. 그래서 나는 아직도 절대로 런닝 차림으로는 거실에 내려가지 않는다. 아무리 가깝게 지낸다 할지라도 지켜야 할 기본은 지키는 게 서로에 대한 존중이고 당연한 도리라고 생각하기 때문이다.

아들 내외와 아내는 결혼하고 3년 동안 아기가 생기지 않아서 은근히 걱정을 했지만, 그 걱정을 기우로 돌리면서 제작년 말에 며느리는 튼튼한 손녀를 낳았다. 돌이 지난 손녀의 커가는 모습을 보니 언제 우리 부부도 아기를 키웠던 시절이 있었던가 싶다.


며느리와 둘이서 등산을 갔던 일은 이제는 다시 오기 힘든 먼 추억 속의 시간으로 남을 것이다. 여름이 되니 손녀가 잔디밭을 아장아장 잘도 걷는다. 그 모습을 보니, 이제는 손녀를 등에 태우고 며느리, 아들

과 같이 가족 등산할 더 큰 행복
의 시간을 기다려야 할 것 같다.

•손녀와 영장산 등산

얼마 전 아내가 환갑을 맞았
다. 핑계 같지만 협회장을 맡아서
정신없이 일정에 쫓기면서 지내
다 보니 아내 환갑도 깜빡하곤
챙기질 못했다. 대학산악부 후배
들과 오랜만의 암벽등반을 가는
바람에 신이 나서 잔뜩 들떠 있
다가 하루가 지난 후에야 아내
환갑날이 이미 지나갔음을 알게
되었다. 미안함에 대한 사과도 겸
해서 아들 내외와 집 부근의 코다리찜 식당에서 저녁식사를 같이 하
는 것으로 조촐하게 축하를 했다.

식사 후 집에 들어오면서도 아내는 평생에 한번 있는 환갑도 잊어먹
은 괘씸하기 짝이 없는 서방으로 인하여 서운했던 느낌을 떨쳐버리지
않았을 것 같은데, 아들 내외가 준비한 깜짝 이벤트로 인하여 그 감정
을 풀었다. 오히려 크게 감동한 눈치였다.

2층으로 올라가는 계단부터 시작하여 우리가 자는 침실 안까지, 장

미와 촛불이 어우러진 환
갑축하 꽃길을 만들어 놨
던 것이었다.

세상을 살다보면 자신
에게 지금과 같은 시간이
오리라고는 상상도 못한
시간을 갖는 경우가 있다.
우리 부부가 지금 바로 그
렇다.

우리 부부는 당연히 자
식은 결혼하면 바로 분가
시키는 것으로 생각했다.

•아내 환갑에 며느리가 만들어둔 촛불 장미 하트

우리 부부가 주말마다 등산이다 여행이다 해서 밖을 나돌아 다니는
방랑자 기질이 있기 때문에, 따로 사는 아들 내외가 주말 저녁에나 찾
아오면 늦은 시간에 잠시나마 얼굴을 볼 수 있을 것이라 생각했다. 그
런데 웬걸, 지금은 매일 아침에 일어나자마자 할애비를 보려고 계단을
기어서 2층으로 올라오는 손녀의 그 귀엽고 앙증맞은 모습을 보면서,
저녁에 집에 가면 귀엽게 재롱도 떨고 때로는 말썽도 피우는 손녀와 부
대끼면서 살아가고 있다.

아들 내외와 손녀가 한집에 같이 살면서 우리 부부는 웃을 일이 참 많아졌다.

그렇지만 "행복은 적당히 해도 유지되는 게 아니라 아들과 며느리, 시아버지와 시어머니에 대하여 서로가 기본적인 예의를 지키며 따뜻한 사랑으로 대할 때 얻어지는 부산물이다."라는 게 나의 생각이다. 하지만 여기에서 손녀는 빠진다. 어쩔 수 없이 나도 '손녀 바보'인 모양이다.

사랑은 행동이다

제3부

# 우리들의
# 일그러진 영웅

# 굼벵이 소동

"부우웅~~"

새벽에 아파트 안방 문을 열고 거실로 나오는 순간, 내 눈앞을 스치면서 날아가는 작은 물체를 보고 깜짝 놀랐다. 그런데 거실에는 이런 녀석들이 한, 두 마리가 아니었다. 자세히 살펴보니 매미였다. 매미 열댓 마리가 날아다니거나 바닥에 떨어져서 어기적어기적 기어 다니고 있었다. 둘째 아들 녀석이 어제 저녁 여기저기 거실 나무나 화초에 붙여놨던 굼벵이가 탈피한 놈들임이 분명했다. 그 녀석들로 인해 갑자기 거실은 매미왕국이 되었다.

둘째는 어릴 적부터 곤충을 무척이나 좋아했다. 둘째가 어릴 때 신림동 난곡의 삼성산 줄기 산비탈에 있는 서민아파트에 12월초에 입주를 했다. 아파트 단지를 오른쪽으로 돌아가면 산속 약수터까지 이어지는 길이 있었다. 날씨가 포근한 날이면 아내와 같이 배낭에 물통을 지고 호암사까지 가벼운 등산을 한 후 물을 떠서 내려오곤 했다. 때로는 운동 삼아 첫째와 둘째 아들을 데리고 약수터까지 다녀오기도 했다. 봄이 되자마자 아파트 뒷산은 여러 나무가 경쟁하듯 싱그러운 연두색 잎사귀를 내밀어 3개 동의 작은 아파트 단지는 전원주택 분위기까지 풍겼다.

그 시절에는 내가 위암수술을 받은 후 아직 건강이 회복되기 전이었다. 음식을 먹으면 소화가 잘 안되어서 매우 힘들 때였다. 그렇게 먼 거리는 아니지만, 왕복 40분 정도 걸리는 약수터까지 걷기는 당시의 내 체력 회복에 상당히 도움이 되었다.

5월의 뜨거운 햇살로 봄이 조금씩 무르익어가면서, 아이들과 함께 산에 가면 그때 4살도 안된 둘째의 눈동자는 날아다니는 곤충을 보면서 반짝거리기 시작했다. 결국 둘째는 엄마에게 떼를 써서 잠자리채와 곤충 채집통을 손에 넣었다. 그 후부터는 유치원을 다녀온 오후에는 집에서 사라져서 뒷산을 여기저기 돌아다니곤 했다. 그때부터 온 집안엔 사마귀부터 시작하여 우리나라 산에서 볼 수 있는 다양한 곤충들이 우글거렸다.

사랑은 행동이다

사마귀는 생긴 몰골도 흉측하지만, 암컷은 짝짓기를 하다가 오르가
즘에 도달하면서 정신이 혼미해서 꿈속을 헤매는 수컷의 머리통을 잡
아채서 괴상하게 생긴 입으로 우적우적 씹어 먹는 엽기적인 곤충이다.
나는 흉측한 외모에 덩치에 비하여 앞발 힘도 상당히 강한 사마귀가
징그러워 손으로 잘 잡질 못한다. 그런데 둘째는 그 나이 때부터 다른
곤충은 말할 것도 없고 사마귀까지도 조금도 무서워하지 않고 만지고
주물럭거렸다.

아내는 곤충들을 무척 싫어해서 집안에서 사마귀라도 푸드득 거리
면서 날아다니면 기겁을 해서 "우왁~~" 하고 소리를 쳤는데 그것을 보
곤 그 쬐그만 악동 녀석은 낄낄대며 웃어대곤 했었다.


한번은 주말 아침에 식사를 끝내고는 잠자리채를 들고 산으로 올라
가는 녀석의 모습을 보면서 오늘 또 여러 놈의 곤충들이 희생이 되겠
구나 싶었는데… 나간 지 한 시간도 안되어서 아파트 단지가 떠나가도
록 울어대는 목소리의 주인공은 언제나 익숙한 둘째였다. 잠시 후 들
어온 녀석은 곤충을 잡다가 비탈에서 넘어졌는지 반바지를 입은 무르
팍에서는 흙과 피가 범벅이 되어 흘러내리고 있었다. 놀란 표정의 아버
지와 엄마를 본 녀석은 더 큰소리로 울어대기 시작했다. 우는 녀석을
쳐다보니 얼굴은 안보이고 커다랗게 벌린 입속의 목젖만 보이는 것 같
았다.

땀과 흙으로 얼룩진 얼굴과 다친 무릎을 아내가 씻기고 알코올로 소독하고 연고도 발라준 후 소란은 끝났다. 그리고는 한 시간 정도 되었을까?

자기 방에 있는 줄 알았던 녀석이 언제 밖엘 나갔는지 특유의 요란한 울음소리가 아파트 창밖으로 또 들리는 것이었다. 급히 베란다로 나가봤더니 잠자리채와 채집망을 손에 든 둘째가 틀림없었다. 꼬락서니를 보니 또 넘어져서 무릎을 깨서 오고 있는 게 분명했다. 아파트 단지 뒷산은 도시의 산이기는 해도 경사가 급해서 녀석에게 곤충을 잡아주려고 길이 아닌 비탈진 곳으로 들어가 보면 등산이라면 일가견이 있는 나도 중심잡기가 만만치 않은 지역이었다.

아니나 다를까? 집에 들어온 녀석의 무릎에서는 또 피가 흐르고 있었고 울음소리는 집안을 쩌렁쩌렁 울리게 했다. 다시 엄마가 구급약을 발라주고 다독거려줬더니 녀석은 방에 가서 다양한 곤충들이 나와 있는 도해집을 보고 있었다.

이것으로 그날의 해프닝이 끝났으면 다행이련만…

점심시간도 되기 전에 어느새 또 나갔는지 한 번 더 무릎을 깨서 집에 들어온 것이었다. 목젖은 처음보다 더 크게 보였고 녀석의 채집망에는 포로가 된 불쌍한 곤충들이 우글거리고 있었다.

반나절 동안 무릎을 세 번이나 깬 녀석이 엄마가 준 알사탕을 물고 자기 방에서 곤충 도해집을 보는 것으로 그날의 무르팍 깨기 해프닝은 끝이 났다. 기가 차서 어디서 저런 이상한 놈이 나왔나 하면서 혀를 찼더니, 아내가 하는 말 좀 보소.

"그 씨를 뿌린 인간하고 어쩌면 저렇게도 똑 같을까요? 위암수술하고 퇴원해서는 보름도 안되어서 뒷산 갔다 온다고 거짓말하고 혼자서 설악산 종주를 하지 않나? 그 나이에 후배들이 암벽등반 가자고 전화오면 그때부터 뭐가 좋은지 실성한 사람처럼 좋아서 히죽거리고, 입이 잔뜩 나온 마누라는 아예 염두에도 안두고 쫓아가질 않나?"

괜한 말을 꺼냈다가 본전도 못 건진 하루였다.

그러다가 신림사거리에 있던 회사가 뚝섬으로 옮겨가면서 사는 집도 난곡에서 잠실 5단지에 전세를 얻어서 살게 되었는데… 그해 한여름 밤에 더위도 식힐 겸해서 한강고수부지로 가는 보도를 걷다보면 여기저기 나무에 7년의 시간을 인고한 굼벵이가 한, 두 마리도 아니고 큰 나무마다 여러 마리씩 떼거리로 기어 올라가고 있었다. 어떤 나무에는 수 십 마리가 떼를 지어 기어 올라가는 진풍경을 연출하기도 했다. 다음날 출근길 아침에 지나가면서 보면 나무엔 굼벵이가 남겨둔 허물만 여기저기 걸려있고 그 많던 굼벵이들은 어미 매미가 되어 사라져버린 후였다.

거실이 매미 왕국이 되어버린 날이 바로 그날이었다. 그 전날 저녁에 퇴근을 했더니 둘째가 밤에 나가서 굼벵이 열 댓 마리를 잡아서 집안의 작은 화초나 행운목의 기둥 뿐 만 아니라 부겐베리아 같은 가느다란 나뭇가지에도 잔뜩 붙여 놓았었다. 이놈들이 밤사이에 대부분 탈피를 한 후 새벽에 거실 전체를 이리저리 날아다니고 있었던 것이다. 그날 아침 내가 회사에 출근을 하면서 아무 이야기를 하지 않았던 게 실수라면 실수였다.

저녁에 집에 와보니 아무것도 먹지 못하고 하루 종일 집안 거실에서 붕붕 날아다니던 놈들은 대부분 죽어버렸고 그 중 두세 마리는 마지막 남은 힘을 다해서 바닥에서 간신히 조금씩 움직이고 있었다. 매미들의 떼죽음을 가져온 장본인은 방에 들어가서 무슨 짓을 하고 있는지 거실엔 보이지도 않았다.

둘째를 거실로 불렀다. 방안에서 외삼촌이 사다준 장난감 자동차를 가지고 신나게 놀던 녀석이 나왔다. 그리곤 내가 매미 시체를 가리키며 이야기를 했다.

"제현아!

저 매미들은 3년~7년 동안 캄캄한 땅속에서 살다가 천적을 피해서 밤에 나무로 기어 올라가던 녀석들이다. 굼벵이들이 적에게 잡아먹히지 않고 무사히 탈피를 해서 매미가 되면 나무의 진액을 빨아먹고 원기를 회복한 후 불과 일주일 정도의 짧은 시간에 수컷은 암컷을 만나서 사랑을 나누려고 여러 날 동안 나무에서 맴맴 울어댄단다. 마침내 서로 사랑을 나눌 짝을 만나면 짝짓기를 하고 알을 낳으면 그것으로 자신들이 세상에 나와서 해야 할 일을 마치게 된단다. 그리곤 생명체라면 피할 수 없는 죽음이란 길을 떠나게 되지.

그런데 네가 굼벵이를 잡아와서 집에다 둔 것까지는 그렇다 치고 네가 유치원을 가면서 이 녀석들을 밖으로 보내주지 않는 바람에 모두들 짝짓기도 하지 못하고 이렇게 죽어버렸다. 이 일에 대하여 너는 어떻게 생각하니?"

둘째도 상황의 심각성을 인식했는지 시무룩한 표정으로 죽은 매미들을 바라보고 있었다.

그런데 그날 이후에 둘째는 또 굼벵이를 잔뜩 잡아다가 집안 여기저기에 붙여 두었다. 다음날 아침에 굼벵이는 탈피를 해서 붕붕 날아다니고 있었는데…

아침 식사를 하면서 저것들을 어떻게 하는지 두고 보기로 했고, 만일 출근할 때까지 그대로 두면 잔소리를 하려고 했다. 그런데 후다닥 밥을 다 먹어치운 녀석은 바닥이나 유리창에 부딪혀서 떨어져 있거나 나뭇가지에 앉아있는 놈들을 베란다 창문을 열고는 한 마리씩 차례로 날려 보내는 것이었다. 며칠 전에 들었던 나의 훈계로 둘째는 생명의 소중함과 그 역할에 대하여 분명히 인식을 한 것 같았다.

먹기 위해서나 다른 용도로 사용하기 위해서와 같이 어떤 목적을 가지고 생명을 죽이는 경우는 모르지만 특별한 이유 없이 살생을 하는 것은 최소한 나의 경우에서는 용납이 되지 않는 행위다. 그렇기에 둘째에게 그렇게 이야기 했었고… 아들도 그날 이후로는 곤충 등의 생명체를 잡아서 가지고 놀다가도 저녁에 자기 전에 다시 놓아주었다. 그것을 보면 마치 내가 감방에 갇혀 있다가 풀려나는 느낌이 들기도 했다.

사랑이란 우리 가족과 우리 집의 반려동물을 넘어서 이 세상 모든 생명체를 소중히 생각하고 따뜻하게 대하는 것이 아닐까? 자식을 키우면서 나도 배우고 자식은 성장한다. 매미는 우리 입장에서 보면 별 것 아닌 미물이지만, 매미 자체는 우리와 같은 완전한 생명체다. 매미를 통해 자식 교육까지 할 수 있었으니, 그날 둘째가 잡아온 굼벵이는 아들에게 생명사랑을 일깨워 준 스승이라 해도 되겠다. 그렇게 우리는 사랑을 배우고 가르친다.

작은 것이면 어떠랴. 나는 사랑을 가정에서부터 가르쳐야 한다고 생각한다. 그런 사랑들이 모여 우리가 사는 세상을 조금이라도 더 따뜻하게 하고 행복하게 할 것이라 믿기 때문이다.

사랑은 행동이다

# 우리들의 일그러진 영웅

초등학교 4학년 때 이야기다.

어느 날 아침에 등교해보니 우리 반 교실 뒤편에 있는 작은 도서함의 유리창이 깨져 있었다. 다들 담임 선생님께 혼나게 생겼다면서 저 유리창 누가 깼을까 하면서 수군수군하기 시작했다.

반에서 평소에도 툭하면 나를 괴롭히던 주먹깨나 하는 급우가 있었다. 그 녀석이 갑자기 일어나더니 저 유리창은 명기가 깼다고 했다. 그러자 옆에 있던 다른 친구가 "너 왜 유리창을 깼냐?"라고 나를 다그치기 시작했다.

졸지에 유리창을 깬 범인으로 몰린 나는 절대로 도서함 유리창을 깨지 않았다고 항변하면서 어제와 오늘 사이에 도서함 근처에도 간적이 없다고 했다. 그렇지만 두 명이 그런 이야기를 하니까 그때부터 우리 반 급우들은 돌아가면서 내가 유리창을 깨뜨린 게 확실하다면서 나를 범인으로 지목하기 시작했다. 나는 그 순간 확실한 왕따가 되어 버렸다.

이 친구 저 친구가 나를 지목하니 나중에는 내가 진짜 유리창을 깨트린 범인인데 깜빡하고 잊어버린 것은 아닌가?"라는 착각도 하게 되면서 스스로 사고의 혼란까지 오는 상황이 되었다.

얼마 후 담임 선생님이 교실에 오자 반장이 어제 방과 후부터 아침 사이에 도서함 유리창이 누군가에 의해서 깨졌다고 보고했다. 평소에도 무섭기로 소문이 났던 담임 선생님은 화가 잔뜩 나신 얼굴로 특유의 잔기침을 하시면서 "도서함 유리창 누가 깼냐?"라고 하자 급우들은 하나, 둘 나를 힐끔힐끔 쳐다보면서 무언으로 나를 지목하기 시작했다.

소문에 의한 집단 폭력을 경험하는 상황이 되었다.

나는 눈물을 글썽이며 제가 절대로 깨지 않았다고 말씀드렸다.

그때 담임 선생님께서 강한 목소리로 말씀하시길,

"우리 반 학생 중에 명기가 유리창을 직접 깨는 순간을 확실히 목격한 사람이 있으면 나오라"라고 하셨다. 당연히 목격했다는 친구가 한 명도 없었다. 그러자 담임 선생님이 큰 목소리로 꾸지람을 하셨다.

"깨트린 것을 보지도 않고 짐작으로 친구를 범인으로 지목하는 것

사랑은 행동이다

은 아주 나쁜 짓이다. 우리 반 친구 중에 분명히 유리창을 깨트린 사람이 있을 텐데… 그 친구는 자기가 그런 짓을 해놓고 지금 시치미 떼고 있다."

우리 담임 선생님은 오랜 교사생활을 하신 베테랑 선생님이셨다. 지금 생각해봐도 이런 일이 생겼을 때 어떻게 하면 현명하게 대처하는 것인지를 분명히 아시는 분이었다.


그리고…

세월이 지나면서도 짧지만 강렬한 아픔을 줬던 그 순간이 종종 기억의 저편에서 되살아나서 머리를 흔들면서 잊으려고 했던 적이 있었다. 고등학교 시절에 우연히 손에 쥐게 된 헤르만 헤세의 『데미안』을 읽으면서 싱클레어를 괴롭히던 크로머에게서, 평소에 나를 괴롭혔을 뿐만 아니라 유리창 깨트린 범인이라고 지목했던 급우가 생각이 났다.

1987년도에 발표된 이문열의 「우리들의 일그러진 영웅」이라는 중편소설 속에서도 나는 초등학생 시절에 나에게 고통을 준 일그러진 영웅 얼굴을 떠올렸다. 이 소설의 줄거리는 다음과 같다.


군사독재 정권이 마지막 기승을 부리던 시기에 나(한병태)는 지방으로 좌천된 공무원인 아버지를 따라 서울에서 작은 읍에 있는 초등학교로 전학한다. 나는 엄석대라는 이름을 가진 독재자가 이루어 놓은 힘의 제국인 학급에서 가치관의 심한 혼란을 느끼며 외롭게 항거한다. 그러나 혼자만의 항거가 의미없음을 깨닫고 엄석대라는 권력에 기대서 그 달콤함에 젖어들 무렵, 새로운 담임선생님이 등장한다. 독재자 엄석대가 이룩해 놓은 힘의 제국은 새로 오신 담임선생님에 의해 변혁을 겪으면서 힘없이 붕괴하고 만다.

세월이 한참이나 흐른 후 사회인으로 성장한 나는 어느 날 피서 길에서, 수갑을 차고 경찰에 끌려가는 엄석대를 마주하게 된다.


이 소설은 어른이 된 내(한병태)가 과거의 사건을 회상하는 형식인데, 작가의 의도와는 다르게 나는 이 소설에서 엄석대를, 나를 괴롭히던 급우에게 대응시켰다. 50년이 지난 지금에도 어린 시절에 내 영혼에 크나큰 고통을 준 그 때 그 장면과 그 친구의 얼굴이 언뜻언뜻 떠오르곤 한다.

아주 하찮은 일이었고 그 친구는 아마도 까맣게 그 일을 잊어버렸겠지만 나에겐 그 작은 일이 환갑이 넘은 지금까지 기억 속에 단단히 한 자리를 차지하고 있는 것이다. 그런데 그 친구는 말할 것도 없고 내가 유리창을 깨뜨렸다고 집단적으로 현장을 목격한 것처럼 범인으로 몰아붙이던 다른 친구들의 얼굴들까지도 스틸사진처럼 아직도 생각나는 것은 무엇 때문일까?

사랑은 행동이다

요즘 초등학생이나 중학생이 급우들의 집단 따돌림에 견디지 못하고 자살하는 경우를 신문에서 읽으면서, 그날 담임 선생님의 현명하신 문제해결 능력이 없었다면 나는 어떻게 그 일을 해결했을까 싶어서, 나도 모르게 온몸에 소름이 돋을 때가 있다.

그래서 나도 나 자신을 한번 되짚어 본다.

혹 나도 모르는 사이 내가 누군가에게 그런 상처를 주는 말이나 행동을 하지는 않았을까? 내 기억에는 전혀 없지만 말이다. 그렇게 작은 일에 내가 괴로워했는데, 반대로 나는 나보다 약자인 이웃들에게 많은 고통을 주었을 수도 있다. 그런 생각을 할 때면 반성하는 의미에서 길지 않은 인생 동안 이웃들에게 조금이라도 따뜻한 말 한마디라도 더 건네려고 노력한다.

작은 사랑이 세상을 살맛나게 하리라 믿으면서…

어찌되었던 나에게 고통을 줬던 그 급우의 이름은 내가 죽을 때까지 초등학교 친구들에게까지도 영원한 비밀이다. 내가 말하지 않으면 초등학교 친구들 중에서 아무도 그가 누군지 모를 것이다.

이 나이까지 되었으니 이야기를 하더라도 그냥 웃고 넘어갈 일이긴 하지만…

# 김형석 교수와 어머니

김형석 연세대 명예교수님. 학창시절 강의도 몇 번 들었으니까 나의 은사님이시기도 하다. 올해 99세임에도 아직도 집필을 하시고 정정하게 사회활동도 열심히 하고 계신다. 70~80세가 넘으면 대개 사회 활동을 접는 것을 감안하면 대단하다고 아니 할 수 없다.

학창시절 그 분의 에세이집에서 어머니와 관련된 글을 읽은 적이 있다. 김교수님의 어머니도 오래 사셨던 것을 보면 집안 전체가 장수 DNA를 타고 난 것 같다. 교수님은 지금으로부터 약 40년 전인 60세 전후의 나이에도 퇴근을 하게 되면, 제일 먼저 노모의 방에 들어가셔

사랑은 행동이다

서 안부를 여쭈었다고 한다. 그냥 인사만 한 게 아니라 어머니가 하시는 이야기를 30분 남짓 들어주면서 맞장구도 쳐 주곤 했는데, 그것이 그분의 중요한 일과 중의 하나였다.

그런데 팔순의 어머니께서 교수님께 하는 이야기는 한국 최고의 지성인이라 불리는 김 교수의 지식의 깊이에 비추어봤을 때 별로 들을 만한 가치가 있는 내용이 아니었다. 예를 들면,

"애야. 오늘 옆집 개가 강아지를 일곱 마리나 낳았는데 참 이상도 하지."

"뭐가 이상한데요? 어머니!"

그러면 김 교수님의 어머니는,

"새끼를 일곱 마리 낳았는데 그 중에 두 마리는 누렁이고, 세 마리는 검둥이고, 두 마리는 얼룩이를 낳았다더라. 세상에 이상도 하지. 우째 새끼를 그렇게 낳았을꼬?"

김 교수에겐 들을 만한 가치도 없는 소소한 일상의 이야기였지만 매일 저녁 노모 방에 들어와서 이야기를 들어주는 아들이 있기에 어머니는 하루 종일 한, 두 가지 이야기 할 거리를 준비하고는 저녁에 아들이 오면 재미난 이야기를 해주려고 머릿속으로 몇 번이나 되뇌면서 기다렸을 것이다.

기억력의 감퇴로 종종 얼마 전에 했던 적이 있는 이야기를 되풀이 하시는 경우도 있었고…

그렇지만 김 교수는 어머니의 작은 행복을 지켜드리려고 돌아가시기 전까지 매일 어머니의 방에 가서 하찮은 이야기를 들어 주는 게 중요한 일과였다. 그러다보니 그 일은 본인의 행복 중의 하나였다고도 했다.

김 교수님의 에세이를 읽으면서 참 아름다운 장면이라고 생각했기에 부모님이 살아계실 때는 김 교수님처럼 부모님 방에 가서 이야기도 들어드렸다. 나중에 암 투병으로 병원에 입원해 계시면서 마지막 먼 길을 떠날 준비를 하시는 어머니를 거의 매일 새벽에 출근 전에 찾아뵈면서 쭈글쭈글한 어머니 젖가슴도 장난스럽게 만지고 나왔던 적도 여러 번 있었다. 어머니의 젖가슴에 젖이 가득 담겨서 탱탱했을 때 내가 이 젖을 빨아먹고 이만큼 자랐구나 하고 생각하면서…

얼마 전에 겪은 나의 이야기이다.

"형님! 그 이야기 이제 그만 하세요. 그 이야기는 지난번에도 한번 했던 이야기입니다. 앞으로 98번만 더하시면 100번입니다."

내가 무슨 이야기하던 중에 후배가 큰 소리로 면박을 주는 바람에 머쓱해져서 신나게 하던 이야기를 중지했던 적이 있었다. 그렇다고 후배가 나쁜 감정으로 그렇게 말한 것이 아님은 알지만 그 이후로 몇 달이 지났는데도 후배의 면박이 뇌리에 남았고 이번에 펴내는 책 속에도 담는 것을 보면, 그 면박은 나에게 상당히 큰 충격이었던 것 같다.

사랑은 행동이다

나이가 들어서 소위 말하는 꼰대 수준의 나이가 되다 보니 내가 이야기했었던 것을 잊어먹고 같은 이야기를 또 했던 모양이었다.(꼰대: 세상이 바뀌는 데도 자기 자신의 생각은 조금도 바꾸지 않으면서 주변사람들에게 바뀌어야 한다고 침 튀기며 역설하는 피곤한 인간)

그런데 비즈니스로 만나게 되는 고객과 저녁자리를 같이 하다보면 그분들도 얼마 전에 나에게 했던 이야기를 또 하는 경우를 자주 겪게 된다. 심지어는 같은 이야기를 거의 열 번 가까이 하는 분도 있다. 때로는 인터넷에서 몇 년 전부터 돌아다니던 이야기나 아재개그를 마치 자신만 아는 것처럼 신나게 이야기하는 썰렁한 분도 있다.

하지만 나는 같은 이야기를 아무리 여러 번 들어도 "그 이야기는 지난번에 들었던 이야기 입니다." 하면서 상대편의 말을 막지 않는다. 거래업체 사장은 고객이니까 그렇다 치더라도 나는 친구나 회사의 임직원이 이야기해도 대체로 끝까지 경청을 하면서 마치 처음 듣는 이야기처럼 감탄도 하고 유머인 경우에는 바보같이 매번 잘 웃는다.

여러 번 들었던 이야기를 또 들으면 어떤가?

그 이야기를 하는 분은 분위기를 즐겁게 만들려고 이야기하는 것인데 같이 즐거워하고 감탄해주면, 이야기 했던 사람은 말할 것도 없고 함께 자리한 모든 분들이 기분 좋은 시간을 보내게 된다.

어쨌든 그날 후배가 면박을 준 이후로 기분이 상해서 자리를 마칠 때까지 그 자리에서 아무런 이야기도 안하고 있었던 기억이 난다. 그런 표현을 쉽게 하는 사람은 다른 사람에게도 남이 무안해 할 말을 아무 생각 없이 쉽게 표현하는 경우가 종종 있었던 것 같다. 생각해 보면 마음의 상처를 줄 수 있는 말을 쉽게 하는 게 특별히 나쁜 뜻으로 그런 건 아닐 것이다. 본인의 일상적인 표현이 항상 그런 것 같다.

며칠 전 기업인들과 저녁 술자리를 같이하던 중 나보다 나이가 7~8세 아래인 사장이 "요즘 기억력이 많이 떨어졌는지 며칠 전에 했던 일도 기억을 못할 때가 있다"면서 걱정을 한다. 그러다보니 술자리에 함께 있던 분들도 모두 같은 경험을 했는지 동의를 했다. 가만히 생각해 보니 내가 후배들 앞에서 그 전에 했던 이야기를 또 한 것도 기억력의 감퇴로 인했던 모양이었다. 말이 많아지면 나도 모르게 말로 인한 실수가 생길 수밖에 없는 나이가 된 것이다. 그래서 "나이가 들면 입은 닫고 주머니는 열어라"라는 명언이 생겼는지도 모르겠다.

여유가 있어서 호주머니를 열심히 여는 것은 좋지만 말의 실수를 안 하기 위해서 입을 다물고 있으면 어떤 일이 벌어질까?

벙어리처럼 입을 다물고 있다면 그 역시 아무에게도 환영받지 못하는 사람이 될 것이다. 때문에 말을 적당히 조절해서 적당하게 잘 해야 한다는 상당히 어려운 숙제에 직면할 수밖에 없다.

나에게 면박을 준 후배는 외모도 잘 생겼을 뿐만 아니라 학창시절 우수한 성적으로 졸업했고 나름대로 타인을 위한 사회활동도 열심히 하고 있다. 건전한 마인드를 가지고 있는 후배인 것이다. 당연히 사업에서도 큰 성공을 거둘 것으로 판단이 되는데 아직까지 사업적으로 제대로 성공을 거두지는 못했다. 어쩌면 본인이 가진 말투로 인하여 주변 사람들에게 악의는 아니지만 상대에게 기분이 좋지 않게 언행을 하는 것 때문이 아닌가 싶었다. 사실 자신이 재미있다고 생각하는 이야기나 농담을 열심히 하고 있는데 면박수준으로 끊어버린다면 누가 비즈니스를 연결해서 같이 하고 싶어 하겠는가?

이런 기분 나쁜 느낌은 한, 두 번만 느껴도 그 사람을 볼 때마다 생각이 날 수밖에 없는 것이 인지상정이다. 그런 것을 생각해보면 인간은 이성적인 측면보다 감정적인 면이 많은 것 같다. 준 것도 없이 괜히 꼴보기 싫은 사람이 있는 반면에, 같이 있으면 그냥 기분이 좋은 사람이 있다. 당연히 이성이 지배해야 하는 부분에서도 감정이 개입되는 것이다.

또 다른 예를 들면 어떤 지인은 본인 스스로는 정치에 뜻이 있는 것도 아닌데 친구들과 모이면 특정 정당에 대하여 쌍욕에 가까운 표현을 곧잘 늘어놓는다. 그러면서 자신이 지지하는 정당이나 숭배자에 대해서는 극 존칭어를 써가며 마치 하나님 동기동창 대하듯 한다. 보수와 진보에 상관없이 그렇다는 말이다. 좌우지간 극좌나 극우는 극단적인 말과 폭력적인 행동을 수반하기에 서로를 닮았다.

종교적인 측면에서도 그렇다. 프롤로그에서 언급을 했던 내용인데 나의 어머니는 종교에 대해서는 오픈된 생각을 가지셨다. 그러다보니 나 자신은 종교를 가지고 있지 않지만 종교인에 대해서도 좋지 않은 생각을 하지도 않으며 어쩌다가 성당이나 교회에서의 결혼식 행사도 그렇고, 해외 배낭여행에서 그 지역의 대표적 종교(예를 들면 인도의 힌두교나 시크교)의 성전을 방문할 때도 나름대로 예를 다한다.

서로가 기분 좋으라고 하는 즐거운 이야기는 상대에 대한 호의로 하는 이야기이기에 여러 번 하더라도 들어주고 즐거워하지만, 정치적 이념과 종교적 차이는 '틀림의 개념'이 아니고 '다름의 개념'이기에 내가 옳다고 생각하는 것을 주변사람들에게 끊임없이 강요하면 안 된다는 게, 나의 종교와 정치에 대한 생각이다. 그나마 다행인 것은 극우와 극좌 또는 특정종교에 대한 광신적인 행동을 하는 사람보다는 합리적인 생각을 가진 분들이 주변에 훨씬 더 많다는 사실이다.

김형석 교수님의 노모는 팔순의 나이에도 옆집 개가 낳은 강아지의 외모 차이도 기억을 하실 만큼 기억력이 좋으셨던 것 같은데 나의 경우에는 나이가 들어가면서 기억력이 떨어진 것도 사실이다. 하지만 기업의 경영자로 또 단체의 협회장으로서, 다양한 청중들을 대상으로 강의도 하는 등 사회활동을 하다 보니 내 머리의 용량을 넘어서는 대규모 정보의 입력으로 인하여 상대적으로 덜 중요한 사항은 기억을 못했

사랑은 행동이다

을 수도 있다. 그러다보니 이전에 했었던 이야기를 또 하는 실수를 하는 경우도 분명 있었다. 하지만 이런 경우에도 나의 지인들이 김형석 교수처럼 편한 마음으로 들어주는 지혜를 가졌다면, 서로가 모두 행복했을 걸 하는 생각이다.

가수 서유석의 '너 늙어봤니? 나 젊어봤다'란 노래 가사처럼 나이가 들면 젊었을 때는 그러지 않았던 것(예를 들면 기억력 감퇴, 컴맹, 불면증, 괄약근의 약화로 아무데서나 방귀를 잘 뀌는 것, 노안, 이명, 고집이 느는 것 등)을 경험하게 된다. 나이든 사람들도 예의에 어긋나는 행동은 삼가야 하겠지만 젊은이들도 세대 차이에서 오는 핸디캡을 이해해주는 것이 우리가 사는 세상을 조금 더 따뜻하게 만드는데 도움이 될 것 같다.

아!

그런데 생각해보니 나도 친구의 말을 끊었던 확실한 기억이 있다.

월급쟁이로 정년퇴임한 친구인데 이 친구는 나를 만나면 기업경영은 어떻게 해야 하고 직원들은 어떻게 관리하고 영업과 마케팅은 어떻게 해야 하는지에 대하여, 만날 때마다 끊임없이 나를 가르치려고 했다. 하도 그렇게 잔소리를 하니까 한번은 왕짜증이 나서 "CEO를 35년 동안 한 사람에게 월급쟁이로 정년퇴임한 사람이 기업경영에 대하여 무슨 충고할게 그렇게 많나?" 하며 면박을 준 적이 있다. 하여튼 세상엔

오지랖이 넓은 사람이 많기도 하지만, 나도 인간이라서인지 그런 경우에는 끝까지 인내하기가 쉽지 않았던 것이다. 대화에서는 상대의 말을 경청하는 것이 인간존중이고 배려이고 따뜻한 마음이란 것을 김형석 교수님의 에세이를 떠올리면서 다시 한 번 생각해 본다.

*김형석 교수님은 올해 99세인데 강연도 하고 집필도 하시면서 멋진 노년의 삶을 살고 계신다. 얼마 전 김 교수님은 자신의 삶을 과거로 되돌릴 수 있다면, 멋진 60대로 돌아가고 싶다는 말씀을 했다. 내가 지금 바로 그 나이이다.

사랑은 행동이다

# 후배들의 과분한 선배사랑과 원산폭격

"명기 형! 졸업여행 신청 안했던데 빨리 신청하세요."

3년 동안 전방에서 군복무를 마치고 3학년으로 복학한 후 맞이하는 졸업여행 때였다.

그 시절 우리 집은 요즘 표현을 쓰면 전형적인 흙 수저 집안이었다. 장남인 내가 서울에 있는 대학의 전자공학과에 입학(외삼촌께서 숙식을 해결해 주셔서 가능했다.)한 이후에 누나는 다니던 대학을 중퇴해야 했고 여동생은 아예 대학 갈 엄두도 못했기에 부모님과 형제들에 대한 미안함으로 인하여 한 푼이라도 아껴야 했다.

지금도 그렇지만 그 시절 서울은 고향이었던 대구에 비하여 생활비가 상당히 많이 들었기에 나는 용돈이 늘 부족했다. 그랬기에 졸업여행으로 구미 전자공업단지와 경주를 거쳐서 울산공업단지와 부산 금성사(LG전자의 전신)를 탐방하는 졸업여행은 기업 현장을 볼 수 있을 뿐만 아니라 동료들과의 우정나누기에도 좋은 기회였지만 가정형편상 갈 수가 없었다.

어쩔 수 없어 졸업여행을 신청하지 않았는데 과대표였던 상훈이의 그런 다그침 소리를 들었던 것이었다. 복학한 선배로서 체면이 말이 아니었지만 사실대로 이야기하는 수밖에 없었다.

"나도 같이 가고 싶지만 어렵게 학비를 보내는 어머니에게 졸업여행 비용 보내달라는 이야기를 할 수가 없구나."

지금 나와 같이 살고 있는 아내는 대학 산악회 선후배 사이였는데 그 시절 나의 행색에 대하여 우리 아들에게 이렇게 이야기 했었다.

"너의 아버지가 대학 다닐 적에 봄부터 초겨울까지 항상 같은 두꺼운 남방셔츠를 입고 다녔단다. 더운 여름에도 초겨울에 입던 옷의 소매만 둥둥 걷어서 입고 다니기에 짠해 보여서 내가 남방셔츠나 바람막이 등산복도 한 번씩 사주고 그랬어."

그게 그 시절의 내 모습이었다.

언덕위의 교양학관이나 교육관에서 공학관까지 700~800미터 정도 되는 거리를 어떤 날은 하루에도 서너 번씩은 오르내려야 하고 학교

도서관에서 늦게까지 리포트를 쓰고 있다 보면 무척이나 배가 고팠다. 가끔 오후 4~5시에 친구가 학생식당에서 15원짜리 라면을 한 그릇 사주면 그게 그렇게 고마울 수가 없었다.

그랬으니 3만 5천원을 내야 하는 졸업여행을 못가는 것은 최소한 나에게 있어서는 당연했다. 그 시절 한 학기 등록금이 15만 원 전후였으니까…

"형이 같이 못 갈 거라고 짐작하고 우리 동기들이 의논했는데 명기 형을 졸업여행에 같이 가게 하자면서 졸업 여행비를 천 원씩 더 걷기로 했어요. 그러니 같이 가도록 해요."

그 이야기를 듣고 내가 기겁을 했다.

"그게 무슨 소리냐? 후배들 밥을 사줘도 사줘야 하는 선배가 툭하면 후배들에게 신세만 지는데 졸업여행을 후배들 돈으로 간다니… 말은 고맙지만 나는 그렇게는 도저히 못가겠다."

그 순간 상훈이가 화를 벌컥 내면서 말을 이었다.

"형! 후배들이 얼마나 형을 편하게 생각했으면 다들 비용을 조금씩 보탰겠어요? 딴말 말고 후배들 성의를 생각해서 함께 가도록 해요. 여행사에 벌써 형 이름도 신청했어요."

며칠 동안 상훈이의 윽박지름에 못 이겨서 나는 졸업여행을 함께 가게 되었다. 30명이 넘는 복학생 중에 유일하게 후배들이 모아준 돈으로…

그 졸업여행 중에 잊을 수 없는 이야깃거리가 만들어졌는데 마음이 따뜻했던 고마운 후배들이 아니었으면 어찌 이런 멋진 추억을 남길 수 있었겠나 싶다.

그 첫 번째 에피소드는 경주에서 있었다.

복학생 동기 중에 학도호국단 대대장(지금으로 치면 전자과 학생회장)을 맡고 있었던 재윤(미국 마이애미 거주)이란 친구가 있었는데…

경주에서의 첫날 밤 늦게까지 함께한 술자리에서, 내가 재윤이에게 대학 2학년 때 경주가 고향인 친구(과 친구인데 초등학교 졸업 후 막노동으로 6년을 보낸 후 독학으로 연대 전자공학과를 합격한 의지의 한국인이다. 강남 학원연합회 부회장을 했었고 지금 도곡동에서 학원을 경영하고 있다.)의 집에 놀러갔다가 둘이서 경주시내의 첨성대, 불국사, 석빙고, 안압지, 천마총 등을 자전거로 돌아다녔던 이야기를 들려줬더니 우리도 내일 자전거 여행을 하자고 나를 졸랐다.

그런데 졸업여행은 매일매일 스케줄이 꽉 짜여 있고 자유시간이 따로 없어서 안된다고 했더니 새벽 4시 반에 일어나서 자전거를 빌리자고 했다(그 이야기를 하고 있을 때가 새벽 3시가 다되어가고 있었기에 한 시간 남짓 자고 일어나자는 의미였다.).

결과부터 이야기 하면 새벽 4시 30분에 부근의 자전거 가게 문을 무작정 두드렸다. 요즘 같아서는 크게 혼이 날 수도 있는 말이 안되는 짓을 했지만 주인아저씨는 성격이 무던하셨던지 눈을 비비면서 일어나서 학생증만 보고는 믿고 자전거를 2대 빌려주셨다.

자전거라야 변속 기어도 없는 고물 짐 자전거였지만 우리 둘은 신이 나서 아직도 어둠이 깔려있는 경주 시내를 정신없이 돌아다녔다.

자전거를 탄 채 지나가면서 그냥 볼 수 있는 첨성대와 고분군, 안압지, 석빙고 등을 먼저 들렀고 불국사처럼 입장료를 내야 하는 곳은 나중에 들렀다.

그러다가 출발시간이 가까워져서 숙박했던 여관에 도착해보니…

나와 재윤이의 짐 보따리까지 다 챙겨서 모두들 현대자동차 견학을 위하여 울산으로 예정보다 앞당겨서 출발한 뒤였다. 우리 둘은 부랴부랴 시외터미널을 들러서 울산행 버스에 몸을 실었다.(휴대폰이 나오기 전에 있었던 이야기임을 기억하기 바란다.)

버스 안에서 우리 둘은 지도교수님께 혼날 걱정을 하면서…

울산 시외버스 터미널에 도착하니 학우들이 터미널 여기저기 모여 있었다. 무슨 일인가 확인했더니 현대자동차 공장 견학을 위한 섭외에 문제가 있어서 공장 견학을 할 수 없게 되었다는 것이었다. 끝내 우리는 현대자동차 공장을 구경도 못하고 부산으로 출발했다.

다행히도 나와 재윤이가 경주에서 울산 오는 버스에 탑승하지 않았다는 것을 지도교수님이 인지하지 못하고 그냥 넘어갔다.

부산행 버스 안에서 재윤이가 오늘 있었던 경주 자전거 여행 무용담을 까발리는 바람에 복학한 동기들 사이에서 왜 둘만 몰래 갔느냐고 난리가 났다. 그래서 다음날 새벽 부산에서는 동기 일곱 명이 함께 자전거를 타기로 했다.

일찍 숙소에 당도한 해운대에서 부근의 자전거점에 미리 들러서 다음날 새벽 5시에 자전거 7대를 빌리기로 예약을 했다.

저녁식사 후에 소주 한 잔하러 나가려는데 과대표가 찾아와서 부산의 여대생들과 미팅을 하는데 남학생 3명이 부족하다면서 형들 중에 세 명만 미팅에 같이 가자고 졸랐다. 다들 복학생이 무슨 미팅이냐고 가기 싫어했지만

• 원산폭격받은 악동들

나는 상훈에게 졸업여행 a경비에 대한 빛도 있어서 따라나섰고 나의 종용으로 복학생 두 명이 미팅을 함께 했다.

미팅했던 내 파트너가 상당히 미인이라서 학우들의 부러움을 샀던 것 외에는 거의 기억이 없는 것을 보면 그렇게 재미있는 시간은 아니었

사랑은 행동이다

던 것 같다. 거기다가 미팅에 참여 안한 복학생들이 툭하면 미팅장소 (다방)에 왔다 갔다 하면서 복학생들을 빨리 나오라고 보채는 통에 예쁜 여대생과 몇 마디 대화도 제대로 못해보고 어수선한 분위기 속에 미팅을 끝내고 나왔다.

그 다음날 이른 새벽에 우리 일곱 명은 달맞이 길로 해서 송정해수욕장 방향으로 자전거를 타고 올라갔다. 그런데 달맞이 고개에서 판단착오로 문제가 생겼다. 다들 체력이 한창 때라서 달맞이 고개까지는 경사 길을 끙끙대면서도 잘 올라갔는데 달맞이 고개에서 다시 해운대로 내려오면 금성사 견학 출발까지 시간이 너무 많이 남아있을 것 같아서 반대편인 송정해수욕장 쪽으로 내려가기로 했다.

달맞이 고개부터 송정해수욕장까지는 내리막 경사가 적당히 있어서 페달을 밟지 않고 가만히 있어도 자전거는 윙윙 소리를 내면서 앞서거니 뒤서거니 하면서 신나게 내려갔다. 하지만 나중에 숙소가 있는 해운대로 오기 위해서 송정해수욕장에서 달맞이 고개를 올라오는 중간쯤에서 다들 체력이 소진되어버렸다

어쩔 수없이 자전거를 끌고 2km가 넘게 남은 달맞이 고개까지 낑낑대며 올라온 후 고갯마루부터 해운대까지는 전력질주해서 내려갔는데도 졸업여행 팀은 이미 금성사를 향해 출발한 이후였다.

동기 중에 안정삼(삼성전자 연구소장을 역임했고 퇴임 후 목회자의 길을 걷고 있다.) 군이 지도교수님의 가방을 항상 들고 다녀서 우리들

이 '지도교수 가방모찌'(상사의 가방을 메고 따라다니며 시중을 드는 사람을 속되게 부르는 표현)라고 놀렸는데, 그 가방모찌까지 사라졌으니 발각이 안날래야 안날 수가 없었다. 지도교수님도 복학생들이 도와주고 솔선수범해주어서 졸업여행 지도교수하기가 편하다고 이야기까지 하셨는데 그런 사고를 쳐버린 것이다.

졸업여행 온 일행을 놓쳐버린 우리들은 약간은 불안해하면서도 해운대 모래사장을 기웃기웃하면서 약장사 마술하는 것도 구경하고 시시닥거리며 지나가는 여인들 몸매 품평회도 하면서 오후 3시쯤 공장 견학 팀들이 도착할 때까지 신나게 돌아다녔다.

공장 견학 팀이 숙소에 도착했을 때 우리들은 교수님의 화가 머리끝까지 나 있는 것을 발견했다. 든든하게 믿고 있었던 복학생이 일곱 명이나 사라졌으니…

화가 나셔서 얼굴이 벌겋게 되신 교수님 앞에서 우리는 고양이 앞의 쥐새끼 꼴이 되어 있었다. 교수님은 화가 풀리지 않으셨는지 방에 들어가셔서 나오시지 않았다. 하는 수 없이 우리들은 지도교수님 방에 들어가서 무릎 꿇고 용서를 빌면서 교수님의 긴 설교를 들었다.

그리고 졸업여행의 마지막 만찬시간!

아직도 화가 안 풀리신 상태로 저녁식사 장소에 오신 교수님으로 인하여 분위기는 썰렁했다. 분위기를 풀기 위해서 제일 맏형인 한재복 형(형은 에너지 연구소에 근무하시다가 10여 년 전 암으로 작고하셨다.)

이 나섰다.

재복 형이 "오늘 솔선수범해야 할 73학번 복학생들이 한 행동은 아주 부적절한 행동이었고 우리 모두를 실망시켰습니다. 그렇지만 오늘이 마지막 날이니 이것으로 용서하고 지금부터 기분 좋게 만찬을 시작합시다."

그 순간 교수님이 만찬장을 얼어붙게 만드는 큰 목소리로 일갈했다.

"용서를 하기는 누가 마음대로 용서를 해?"

그 순간 재복 형은 우리 7명의 이단아들에게 교수님을 달래기 위한 처벌을 내렸다.

• 원산폭격의 전형

"7명 일어 서! 그 자리에 머리박아!"

졸지에 우리는 선후배들 앞에서 원산폭격(뒷짐을 진 채 몸을 굽혀 머리를 땅에 박는 군대에서의 일종의 벌칙)을 하지 않으면 안되었다. 우리들이 원산폭격 하는 것을 보신 교수님의 화가 풀리셨는지 우리에게 일어나라고 하신 후에는 분위기가 한결 부드러워졌다.

졸업여행의 마지막 만찬을 하는 도중에 교수님은 제자들이 마음껏 놀도록 하고 방에 들어가셨다. 하지만 도둑놈 제 발 저린 7명의 동기들이 방으로 가서 교수님을 모시고 자갈치 시장까지 택시를 타고 소주 한잔 하러갔다. 화가 완전히 풀리신 차 교수님과 복학생들은 술친구가 되어 거나하게 마셨다.

술 한잔하면서 차 교수님이 한 말씀 하셨다.

"야! 이 친구들아! 가방모찌라도 두고 가야지 내 가방을 들어주던 친구까지 사라져버려서 내가 가방을 들고 다녔어."

우리들은 늦은 시간까지 함께 술 한 잔 하고 기분 좋게 비틀비틀하시는 차 교수님을 부축해서 자갈치시장을 나섰다.

오래전에 있었던 그때 그 시절을 되돌아보니 벌써 40년 가까운 세월이 지났지만 교수님과 함께 흘러간 옛 노래를 흥얼흥얼 거리며 자갈치시장을 나서던 장면은 영화 '국제시장'을 보면서 불현듯 기억의 벽을 깨고 다시 떠올랐다.


그리고 그 다음날 아침에 수학여행팀은 부산에서 해산을 했다.

일탈에 재미를 붙인 7명의 복학생들은 거기서 바로 서울로 돌아오지 않고 이순신 장군의 한산도 유적지를 들렀다가 충무에서 하룻밤을 더 보내고 돌아왔다.

지금이라도 나의 졸업여행에 도움을 준 상훈이(졸업 후 마산 수출자유지역 기업에 다녔고 지금은 호주로 이민 갔다는 소식을 들었다.)와 76학번 후배들에게 감사의 뜻으로 술이라도 한잔 사고 싶은데 다들 삶이 바빠서 그런지 모이는 기회도 쉽지 않은 것 같다.

사랑은 행동이다

그리고 이것은 큰 비밀인데 여기서 발설해도 되는지 모르겠다.

첫 날밤 경주에서 지도교수님까지 합세한 '섰다판'(차 일환 교수님은 제자들에게 특유의 친화력을 가지셔서 이런 자리에도 빠지지 않고 잘 어울리신다.)이 벌어졌다. 그동안 교수님이 제자들과 졸업여행 다니시면서 섰다판에서 돈을 잃은 적이 없으셨다는데 그날 처음으로 돈을 잃었다는 얘기가 사실인지 아닌지 확인은 못했지만 풍문에 들었다. 은사님의 돈을 딴 괘씸한 학생은, 평소에는 잡기를 하지 않다가 이날 어설프게 섰다판에 붙었던 '나'였다.

돈을 딴 덕분에 후배들 돈으로 간신히 졸업여행에 따라 간 내가 자갈치 시장에서의 술 한 잔과 택시비는 몽땅 내가 샀다.

우리가 부산에서 교수님께 무지하게 혼이 난 것도 어쩌면 돈 잃으신 것 때문에 두 배로 더 화나셔서 그런 것은 아닌지 하고 혼자서 상상을 해본다.

졸업여행을 다녀온 후에 우연한 기회에 상훈에게 많은 복학생 중에 왜 하필이면 나의 졸업여행 비용을 대주었느냐고 물었더니 그는 "형은 후배들이 어떤 문제로 어려움에 직면하면 함께 걱정하면서 해결하려고 노력해 주기에 후배들이 형은 꼭 함께 졸업여행에 같이 가야 한다더라."고 말했다. 3학년 가을 졸업여행을 다녀온 이듬해인 4학년 때 나는 복학생으로서는 드물게도 재학생들의 강요에 의하여 과대표까지 맡았었다. 가진 것 없이 늘 궁핍하게 지냈던 나에게 후배들이 보내준 따뜻함이 나에게 큰 힘이 되어 오늘의 나를 만드는 데도 큰 도움이 되었던 것 같다. 그리고 이미 오랜 시간이 지났음에도, 제자들과 술 한 잔이라도 하실 때면 종종 그날 원산폭격 이야기를 하시면서 기분 좋게 너털웃음을 웃으시던 차 교수님의 모습이 기억이 남아 있다.

아! 부산에서 미팅했던 아리따운 여대생도 지금쯤 내 아내처럼 할머니가 되어 있겠지?

사랑은 행동이다

# 한 편의 시를 위한 길과 백준호

고등학교 산악회 후배 중에 백준호란 이름을 가진 후배가 있다. 고등학교 시절까지는 내가 등산을 하지 않았기 때문에 몇 년 전까지만 해도 그를 잘 알지 못했다. 고등학생 시절 산악부 회원들을 보면, 대부분 공부는 바닥이고 삐딱한 자세로 땅바닥에 침도 찍찍 뱉고 화장실 뒤에서 담배도 피웠다. 또 자기들끼리 산에 가서 술도 마셨다는 이야기를 자랑스럽게 떠벌리곤 해서 나에겐 산악부가 껄렁패 조직 같은 느낌이 들었던 것이다. 그런 이유로 산악부 아이들 근처에도 가까이 가지 않았었다. 그렇게 고교시절 산악부는 나에게 좋지 않은 선입견을 주었다.

• 설악산 토왕성 폭포

　그런데 내가 대학을 들어가면서 전자공학과 선배들의 권유로 산악부에 들어가게 되었고 산을 찾은 인연으로 아내도 만났다. 아내는 산악부 후배였다. 그뿐만이 아니라 산은 내 삶에서 큰 부분을 차지하게 되었다.

　고등학교 재경 총동문회장과 고교 산우회 등반대장을 맡으면서 선후배들과의 산행이 많아졌다. 산행이 끝나고 술 한 잔을 하면서 가깝

　　　　　　　　　　　　　　　　　　　사랑은 행동이다

게 지내는 후배가 대건고 산악부 출신 백준호의 이야기를 들려주는 것이 아닌가. 백준호는 에베레스트에서 엄홍길 대장과 원정을 같이 했었고, 그 이후에 친구 박무택과 같이 대학산악부의 에베레스트 원정대를 이끌면서 설맹(눈에 반사된 자외선으로 인한 망막 염증으로 앞을 보지 못하는 것)으로 움직이지 못하면서 죽어가는 친구(박무택) 곁에서 함께 죽음을 같이 했다고 한다. 원정대에서 행한 그의 동료애가 인정되어 백준호는 대한민국 산악인 의사자 1호로 등재된 것도 알려주었다. 그 이야기로 백준호는 나에게 이름이 확실하게 각인되었다.

그 이야기를 듣고 여러 해가 지난 후 '히말라야'라는 휴먼 원정대 영화 속에서 다시 그를 만났다. 영화에서 준호는 내 눈물을 흠뻑 빼놓았다.(여기서 내가 영화 속의 장면을 보고 울었다는 것이 그의 행동에 대하여 잘 했다고 동의했다는 뜻은 아니다. 만일 내가 그 때 그 자리에서 그에게 조언을 하는 위치에 있었다면 절대로 올라가지 말 것을 주문했을 것이다.) 영화 속에서 산 친구인 박무택을 구하려고, 아니 구하려는 게 아니라 같이 죽어주려고 8천여미터 정상부근까지 혼자 오른 이가 바로 백준호(영화에서는 '박정복'으로 나옴)였다. 이성과의 사랑이 아닌 친구와의 우정이라는 이름의 사랑 중에, 가장 흡인력이 강한 사랑은 무엇일까? 그것은 죽음이란 공포를 공유하는 취미, 즉 암벽과 빙벽 등반 혹은 히말라야나 알프스와 같은 거벽을 함께 오르는 산꾼들의 우정이 아닐까 싶다.

함께 하는 동반자가 잡고 있는 자일(로프)을 통해서 전해오는 믿음을 갖지 못하면, 내가 가진 실력의 한계 수준에 있는 고난도의 수직 암벽에서는 한 발짝도 움직일 수 없다. 자일을 잡고 있는 동료의 믿음직한 표정에 눈을 한번 맞춘 후 산사람은 그를 절대적으로 신뢰한다. 그런 믿음이 있어야 미끄러지면 죽거나 크게 다칠

•암벽등반 도중 만난 에델바이스

수 있는 암벽과 빙벽을 또는 그런 것이 집대성되어 있는 히말라야나 알프스의 거벽을 함께 오를 수 있는 것이다.

암벽을 오르다 보면 수직 벽이 주는 위압감은 나를 겸손해지게 만든다. 새끼손가락 굵기의 자일과 동료로부터 전해오는 신뢰만이 내 생명을 지켜주는 마지막 보루인데 어떻게 겸손하지 않을 수 있겠는가?

우리가 공부했던 전공과목도, 죽어라 외웠던 영어 단어도, 비즈니스를 위해서 고객과 눈에 보이지 않게 힘겨루기를 하던 영업의 노하우도,

사랑은 행동이다

직원들을 관리하던 경영의 이론도, 그리고 내가 알고 있는 모든 벗들과 내 사랑하는 가족들도…

이 모든 것이 암벽에서 추락할 때 자일과 동료가 나를 지켜주지 않으면 나에게 속했던 모든 것은 새벽 물안개처럼 사라져 버릴 수도 있다.

운 좋으면 목발 짚고 절뚝거리며 걸어 다니고…

혹자들은 나에게 이야기한다.

왜 그런 위험한 운동을 하느냐고?

그런데 그것을 어떻게 한마디로 표현하겠나?

왜 산을 오르느냐고 물었을 때 '산이 거기 있기 때문에'라고 이야기 했던 조지 맬러리(영국의 등반가로 1924년 에베레스트 등반도중 실종됨)도 어떻게 보면 마땅한 답이 없어서 아주 궁색한 답변밖에 못한 게 아닌가라는 생각이 든다.

우문현답이 될 수도 있겠지만…

대학 산악부에서 하이킹 코스로 산을 처음 대하고 나서 못된 선배들의 꼬드김에 빠져서 암벽에 입문하기 시작했는데…

나 자신의 경우는 산 선배들의 꼬드김과 곁들여진 산 친구들의 진한 우정과 암벽에서의 가슴 설레는 아름다움과 공포가 어우러져서 아직도 산과 암벽을 멀리하지 못하고 있다.

대학 산악부 전통으로 환갑(만 60세)이 된 선배에게 암벽등반 선등

을 할 수 있는 기회를 후
배들이 만들어 주는 일
이 있다.

•산 벗들과 망중한

일반적으로 암벽에서
선배들은 후배들이 선등
을 해서 올라간 후 뒤따
라서(후등) 올라간다. 그
래서 만에 하나 추락을
하더라도 위에 있는 선등
자가 자일로 안전을 지켜
주기 때문에 크게 다치
지 않는다. 기껏해야 어
깨를 바위에 부딪쳐 멍
이 조금 들거나 손등을
조금 긁히는 수준이다.
그렇기에 별로 긴장하지 않고도 편히 암벽을 오를 수 있다.

그러나 환갑이 지난 늙은 오빠에게 선등을 맡기는 경우는 이야기가
완전히 달라진다. 추락하게 되면 나잇값을 하느라고 딱딱해진 뼈가 쉽
게 부러지는 중상을 입거나 심지어는 죽음에 이를 수도 있기 때문이
다. 그래서 난이도가 상대적으로 낮은 코스를 택했지만 대부분의 선배

사랑은 행동이다

들은 사양을 했다.

그러다가 나를 꼬드겨서 암벽에 입문을 시켜준 산악회 1회 선배 형('암벽등반 입문 그리고 아침가리 계곡 트래킹' 편 참조)이 설악산 장수대 인근의 리지 암벽코스를 후배들의 강력한 확보(선등자의 안전을 지켜줌)를 바탕으로 선등을 끝내면서 후배들의 뜨거운 갈채를 받았다.

그러다보니 나도 차례가 되면 선등을 하겠다고 마음을 먹고 그때부터 열심히 운동을 하리라 생각했었는데…

생각과 행동사이의 거리가 그렇게 멀리 있는 줄을 그때야 알았다.

무려 3년이란 시간이 바쁘다는 핑계로 어느새 후딱 지나가 버리면서 나도 환갑이 되었다. 선등하겠다고 3년 전에 약속을 한 것은 따지고 보면 나와의 약속이기도 했기에 피할 수는 없었고 시간은 흐르고 흘러서 어느 따뜻한 봄날에 설악산의 또 다른 리지 암벽 코스에서 내가 선등하는 날이 다가왔다.

선등을 제대로 해본지 20년도 넘었기에 설악동에서 암벽장비를 꾸려서 배낭을 메고 후배들과 등반코스를 향해 걸어가면서 암벽이 가까워지면 가까워질수록 손바닥에 땀이 촉촉이 배어나왔다. 내가 확실히 긴장을 하고 있구나 싶었다. 그나마 한 가지 위안이 되는 것은 산악회장을 비롯한 든든한 선후배들의 격려였고, 든든함의 반대인 불안함은 그동안 팔 운동을 제대로 안 해서 두, 세 번의 고빗사위에서 내 팔 힘이 버텨줄까 하는 부분이었다. 3년이란 시간 동안 턱걸이나 팔굽혀 펴

• 한편의 시를 위한 길 완등을 기념하며

기 같은 팔운동을 제대로 안한 것이 후회로 다가오면서 고스란히 불안
감이 되어 나를 압박하기 시작했다.

그렇지만 결과부터 이야기하면 그날 나는 그 코스의 선등을 후배들
의 든든한 확보를 바탕으로 완벽하게 끝냈다.

암벽에서 선등을, 그중에서도 난이도가 제일 높은 고빗사위를 오를
때면 온 세상의 풀벌레 소리, 새소리, 물소리, 바람소리 까지도 멈춘 완
벽한 고요상태가 된다. 갑자기 울던 풀벌레, 새가 울지 않은 것도 아니
고 부근의 폭포에서 떨어지는 물소리와 바람소리가 멈춘 것도 아니지

사랑은 행동이다

•모교인 대구 대건 고등학교 교정의 백준호 흉상

만, 극도의 긴장 속에 몰입(Flow)의 경지에 있으면 오직 내 앞에 있는 수직암벽의 촉감과 자일을 통해서 전해지는 확보자의 체온만 느껴질 뿐이다.

20~30미터 떨어진 동료의 체온을 느낀다면 믿어지지 않겠지만, 불안함에 후배 동료의 얼굴을 쓱 한번 쳐다보면 후배는 신뢰가 가는 굳은 표정으로 가볍게 고개를 끄덕이는 것으로 선등자에게 무언의 격려를 한다. 그 느낌으로 암벽을 오르면 후배의 믿음직한 표정과 체온과 묵직함이 나 자신과 한 몸이 되어서 함께 고빗사위를 오르는 것이다.

나는 분명 그 순간에 동료의 따뜻한 체온을 느꼈었다.

그리고는 나의 불안한 마음과는 다르게 너무도 쉽게 암벽코스를 완등했다.

내가 암벽의 정점에 올랐을 때 내 모습을 멋지게 찍어주려고 사진이 가장 잘 나오는 위치까지 그 무거운 대형카메라를 들고 기다리던 또 다른 후배의 모습에서 다해냈다는 감격과 함께 가슴 뭉클해지는 행복을 품에 가득 안았다.

내 명함에 있는 토왕성 폭포가 실처럼 머리 뒤로 보이는 사진이 바로 그날 정상에 서 있는 내 모습을 후배가 찍어준 것이다.

먼 훗날 내 다리의 힘이 빠지고 수전증에 걸려서 손을 덜덜 떨면서 손자 손녀의 손을 잡고 설악동 케이블카를 타고 권금성을 오르고 있을 때 왼쪽으로 멀리 보이는 그 암릉은 식어가는 내 피를 다시 한 번 따뜻하게 해줄 것이다.

내년 봄에도 후배들과 바로 그 코스를 한번 오르자고 약속을 했기에 5월의 설악산이 하릴없이 기다려진다.

이번에는 든든한 후배들이 선등해주는 암벽 코스를 나는 즐기면서 올라만 가면 되니 아무 걱정이 없다. 그렇게 선, 후배의 가족보다 진한 동료애가 있기에 일반인은 상상도 할 수 없는, 백준호와 같이 친구를 위해서 기꺼이 죽음도 함께 나누는 말도 안되는 엉터리 사랑도 기꺼이 나누게 된다.

그런 인간을 사람들은 '산사람'이라 부른다.

사랑은 행동이다

# 암벽등반 입문 그리고
# 아침가리 계곡 트래킹

"암벽 기어 올라가는 꼬락서니 보니 아무래도 암벽등반은 그만하고 몸으로 때우는 포터('짐꾼'을 의미함. 히말라야와 같은 거벽 등반 시 베이스캠프까지 짐을 지고 올려다 주는 전문 짐꾼)나 해라."

대학 1학년의 가을이 깊어가던 11월 초에 선배들과 두봉산 선인봉 전면 암벽코스를 올랐는데 산 선배들도 그 코스는 등반을 처음 해보는지라 생각 밖으로 시간이 많이 걸렸다.

그러다보니 정상에 도달하기도 전에 늦가을의 짧은 해는 어느새 선인봉 꼭대기에 걸리더니 급기야는 서쪽으로 해가 넘어가버렸다.

주변이 캄캄해지다보니 처음 가보는 암벽 코스라서 어디로 올라가

•암벽등반 중 자일 하강

야할지 방향 설정이 어려워져서 사고 위험이 커졌기에 등반을 중지하고 올라갔던 코스에 자일을 걸어서 역방향으로 어둠을 더듬어서 암벽을 조심조심 하강하는 것으로 방침이 정해졌다.

　대학에 들어가면서 나의 소심하고 겁 많은 성격을 바꾸고자 산악회의 문을 두드렸던 나였기에 암벽 등반이라고는 그동안 기껏해야 4~5번 밖에 하지 않아 초보의 틀을 벗어나지 못한 상태에서의 야간 자일 하강은 극도의 공포심을 느꼈던지라 선배 형이 보기에 내가 겁이 나서 벌벌 떨면서 내려가는 꼴이 한심했던 모양이었다.

어쨌든 캄캄한 밤의 적막 속에 무사히 하강을 완료한 후 도봉동으로 내려오는 길에 나로 인하여 엄청 가슴을 졸였던 선배 형이 뱉은 말을 되새겨 보았다. '너는 앞으로 암벽은 하지 말고 일반 등산로나 다니고, 힘은 좋으니까 선배들이 암벽 오를 때 암벽장비 져다 올리는 일이나 해라.'라는 뜻이었다.

조성모의 노래 '가시나무'의 가사에 '내 속엔 내가 너무도 많아 당신의 쉴 곳 없네.'라는 구절이 있는데 '성명기'라는 나 자신 속에도 나 스스로가 통제할 수 없는 또 하나의 내가 있는 것 같다.

즉, 어떤 상황이 벌어졌는데 나 스스로가 이 상황을 극복하지 않으면 다른 방법이 전혀 없거나 심한 모욕을 받은 경우에는 평상시의 나 자신(소심하고 겁이 많고 내성적인 인간)이 아닌 또 하나의 나를 접하게 된다.

그렇다고 미국 드라마 '두 얼굴을 가진 사나이 헐크'처럼 외모가 바뀌거나 밖으로 화를 분출하는 것은 아니고 평소의 부끄럼 많이 타고 소심함과 겁이 많은 모습에서 완전히 벗어나서 어려운 상황과 정면충돌하는 또 하나의 '내'가 되는 것이다.

(예를 들면 고2 때까지 공부는 뒷전이고 라디오, 무전기, 오디오나 만들다가 3학년 때 죽어라 공부해서 원하는 대학에 입학한 것, 대학 4학년 때 날아온 여자친구를 놓치지 않으려고 도서관에 살면서 공부해서 학점부족을 극복한 것, 29살에 몇 백 만원으로 창업 한 것, 아들을

•북한산 만경대 리지

•선인봉의 장관. 왼쪽 경사면이 선인봉 전면 암벽이다.

• 설악산 적벽(비선대 앞 수직암벽)　　　　　　　• 도봉간 선인봉 암벽등반

대학에 보내기 위해서 아들의 전 과목 가정교사 한 것 등)

그날 그 순간 나는 선배 형의 빈정거림을 가슴에 담으면서 내면 속의 나와 약속했다.

기필코 확실한 암벽 등반가가 되어서 선배 형 앞에 우뚝 서자고…

그날 이후 나는 주말 뿐 만아니라 주중에도 오후에 수업이 없으면 산 친구와 같이 암벽에 매달리곤 했다. 한번은 가을이 무르익은 10월의 어느 날 평일 오후수업이 없는 시간을 이용하여 오르기 시작한 북한산 인수봉에서 낮이 짧았던 까닭에 등반 도중에 어둠이 내려앉았다. 그때부터 헤드랜턴을 켜고서 야간 암벽등반을 하던 중 저 아래로 내려다보이던 서울의 밤풍경이 맑은 밤하늘에서 본 별빛처럼 집과 가로등과 자동차가 만들어 내는 불빛이 별처럼 아름다웠던 것으로 기억한다.

그리고 2학년 여름 방학 때는 인수봉과 선인봉 아래에서 곰팡내 풍기는 텐트에서 20여일씩 지내면서 근교 암벽을 오르고 또 올랐다.(산과 암벽에 미치는 바람에 1,2학년 때 F학점을 잔뜩 받아서 학점부족으로 하마터면 4년 만에 졸업을 못할 뻔 했다.)

내 속의 내가 현실속의 나를 대신하여 작동하면서 얼마나 제대로 산에 미쳤는지 선배 형에게 도전장을 내밀고서 11개월만인 2학년 2학기가 시작되면서 산악회 회장을 맡았었다.

그렇게 좌충우돌하면서 학창시절을 보냈는데 어느새 세월이 흐르긴 많이도 흘렀나보다.

나를 담금질하던 선배 형도 나도 어느새 환갑이 넘은 나이가 되었으니 이제는 같이 늙어간다는 표현이 적당하리라 싶다.

그런데 2년 전 강원도 아침가리 계곡 트래킹을 산악회 OB 선후배들과 같이 갈 기회가 있었다.

그동안 선배 형 중에서 미운 정 고운 정이 들면서 누구보다도 더 가

사랑은 행동이다

까운 사이가 된 선배 형(나를 포터하라고 망신 준 선배)도 같이 갔었고 내가 산에 갈 때면 만사 제쳐놓고 나를 따라오는 아내도 함께 한 산행이었다.

아침가리를 가보신 분들은 알겠지만 방동약수 옆의 시멘트 포장이 된 임도 길로 고개 마루까지 40여분 걸어올라 간 후 다시 반대편 임도로 40여분 내려오면 계곡에 걸린 다리(조경동교)가 나타나는데 이 지점에서 하류로 등산화와 등산복을 입은 채로 물속에 첨벙첨벙 빠지면서 계곡을 내려온다.

그런데 길고 긴 장마가 끝난 직후여서 계곡물은 그동안 수십 번 오면서 봤던 아침가리 계곡이 아니었다.

크게 불어난 수량이 계곡을 건널 때마다 긴장하게 했고 하류로 내려갈수록 수량은 점점 더 많아져서 급류를 이루고 있었다.

중간에 계곡을 건너야 할 때는 위험구간마다 로프를 설치해서 안전을 유지하면서 건넜다.

그런데 아침가리 협곡에서 제일 마지막 구간에서 물을 건너려고 하니 계곡은 그동안 내린 장마 비와 하류로 가면서 이 골짜기 저 골짜기에서 흘러들어온 물로 인해서 상당히 위험한 급류를 이루고 있었다.

미리 준비해간 로프를 계곡을 가로질러서 설치하고는 한 명씩 등반용 안전벨트와 안전고리(캬러비너)로 몸을 로프에 확보시킨 후 조심스럽게 건넜다.

•폭우로 급류가 된 아침가리 물길을 아내와 횡단하며

겁이 많은 아내는 나와 같이 물길을 무사히 건넜고…

그런데 학창시절에 나에게 '짐꾼'이나 하라고 망신 주었던 바로 그 못된 선배 형은 안전장치를 몸에 연결하지 않고 그냥 로프를 손으로 잡고 물을 건너기 시작했다.

앞서 후배들이 물을 건너는 것을 보면서 이 정도면 안전장치 없이 그냥 건너도 된다고 생각했던 것 같았다.

산을 대하면서 내가 얻은 교훈은 '사고는 항상 방심이나 자만에서 비롯된다.'라는 진리이다.

사람은 행동이다

• 선배가 급류에 휩쓸리는 순간에 내가 팔을 나꿔채는 장면. 후배가 찍었다.

북한산 원효봉에서 물에 젖은 암벽을 쉽게 생각한 다른 팀 등반자가 하마터면 염라대왕 앞으로 직행할 뻔했던 사건('원효봉 리지등반과 감사하는 마음' 참조)도 바로 자만에서 비롯되었다.

물살이 세고 수심이 제일 깊은 위치에서 선배는 물의 거센 힘을 버티지 못하고 로프를 놓쳐버렸다.

그런데 우리가 계곡을 건너는 곳에서 불과 10미터 남짓한 하류부터는 수심도 훨씬 깊어지면서 물이 급하게 소용돌이를 치고 있었다. 따라서 '아차' 하는 순간에 대형사고가 날 수 있는 상황이었기에 보고 있던 후배들이 기겁을 했다.

그 순간 나는 생각할 겨를이 없이 무조건 물속으로 뛰어들어서 떠내려가려는 선배의 팔을 낚아챘다.

그러자 급류는 우리 두 사람을 바람개비처럼 물속에서 두 세 바퀴 회전시키기 시작했는데…

정말로 운 좋게도 우리는 물의 힘에 의하여 회전하면서 물 밖으로 빠져나왔다.

우리 스스로 빠져나왔다기보다는 운명이 우리 삶을 지켜주었다는 표현이 적당할 듯했다.

수십 년간 후배를 지켜봐주시던 산 선배 형이라서 내 형제 못지않게 소중했었기에 선배를 그대로 물속으로 떠내려가도록 둘 수가 없다는 게 순간적인 나의 판단이었다.

운 좋게 물 밖으로 밀려난 이후에도 쿵쾅거리는 내 심장이 진정되기까지는 한참동안의 시간이 걸렸다.

아내가 지켜보는 가운데서 행했던 무모한 행동에 대하여 아내는 나에게 한마디도 잔소리를 하지 않았지만 계곡을 내려오면서 아내에게도 괜히 미안한 생각이 들었다.

그러나 수십 년 동안 가느다란 로프에 묶여서 함께 땀 흘리며 암벽을 올랐던 선후배는 친형제 못지않은 소중한 존재이기에 또다시 그런 상황이 발생해도 나는 똑같은 행동을 할 수밖에 없었을 것이라 생각한다.

•한 여름계절의 계곡 트래킹

　이번 여름의 더위가 한반도에서 기상관측이 시작된 지 111년만의 최고기온이라고 한다.

　이런 더위엔 아침가리 계곡 물길 걷기가 피서로는 최고인데 이번 주말에 못된 선배 형에게 같이 가자고 전화해 봐야겠다.

● 영화 히말라야를 보신 분들은 등반내상(허영호 대장)이 후배들(박무택, 백순호)을 담금질하기 위해서 나름대로 다양한 방법을 쓴다는 것을 알았을 것이다.

영화 속에서 훈련시키면서 나오는 장면들은 다소 과장이 심하긴 하지만 암벽에서나 빙벽에서의 작은 실수 또는 장비를 다루는데 미숙함은 생사와 직결되기 때문에 훈련소 못지않을 정도로 엄격하게 훈련을 시킨다. 글 속에 나오는 선배 형도 그분의 방법으로 나를 담금질 했다는 것을 나중에야 알았고 그 선배 형의 담금질 끝에 오늘의 내 모습이 여기에 있다.

● 선배 형 장가보내기
암벽등반 실력 없다고 나를 괴롭혔던(?) 선배 형이 여자 유혹의 기술은 형편이 없는지 서른이 넘어서도 장가를 못가고 노총각으로 늙어가고 있기에 아내와 상의해서 아내의 대학 선배 중에 매력적이고 심성도 착한 글래머 여인을 소개 해줬더니 바로 찰떡궁합이 되어서 지금까지 한 집에서 아들딸 낳고 잘먹고 잘 산다.

사랑은 행동이다

제4부

# 어머니
# 그리고 사랑

# 나의 좌충우돌 신혼여행기

어릴 적 외할머니 무릎을 베고 누우면 외할머니께서는 재미난 옛 이야기를 들려주시면서 "나도 꽃다운 처녀 시절이 있었는데 벌써 이렇게 늙어서 쪼그랑 할망구가 돼 버렸구나. 세월이 어쩌면 이렇게도 빨리 지나가는지 모르겠다."며 흐르는 세월과 늙어감을 안타까워하셨다. 이제 그 외할머니도 돌아가신 지 어느새 30년이 넘었기에 세월의 무상함을 나도 절감하고 있다.

얼마 전에는 결혼하는 직원이 주례를 부탁하기에 나름대로 많은 시간을 들여서 원고를 만들어 주례사를 했는데 아내가 신혼부부에게 겁

주는 이야기만 하면 어떡하느냐고 집으로 돌아오는 차 안에서 핀잔을 주었다. "차 조심하고 물 조심해라"고 늘 말씀하시던 할머니처럼 어느덧 나도 벌써 나이가 들만큼 들어서 쓸데없는 노파심만 자꾸 늘어가는 모양이다.

2015년이 결혼 35주년이었으니 어느새 우리 부부가 같이 살아온 날들이 꽤 많이 지났다. 그동안 아내와 인생의 고비를 여러 구비 넘었고 그러다 보니 어느덧 얼굴엔 주름살이 세월의 무게인 양 느껴진다. 그래서 더 늙기 전에 아내와의 신혼여행에서 있었던 에피소드를 글로 써보기로 했다.

대학 산악부에서 선후배로 만나서 눈이 맞아 결혼을 하게 된 우리는 제주도로 신혼여행을 가기로 했는데 산악부 커플답게 한라산 등산을 하기로 했다. 결혼식이 3월 29일이라서 한라산에는 아직도 많은 눈이 있어 멋진 신혼여행이 되리라 판단했다. 침낭이 시원찮으면 첫날밤이 뼈와 살이 타는 밤이 아니라 추위에 떠는 밤이 될 게 뻔해서 신혼여행에서의 가장 중요한 행사에 차질이 없도록 남대문시장에 가서 오리털 침낭을 두 개 샀다. 그리고는 남대문시장 뒷길의 재봉틀 아줌마에게 가서 침낭 두 개를 합쳐서 큰 침낭으로 만들어 달라고 했다.

처음 보는 사람들은 나를 실제 나이보다 조금 어리게 보는데 그때도 서너 살은 어리게 봤다. 거기다가 나는 대학을 졸업하고 불과 한 달 만에 결혼을 하게 되었고 아내는 아직 대학원 재학 중인 학생이었으니 우리의 부탁으로 침낭을 재봉질하던 아줌마는 "요즈음 젊은 것들은 시집 장가도 안 간 것들이 산속에 가서 뒤엉켜 붙어먹으려고 침낭까지 만들어 가니 세상이 어떻게 되려는지 모르겠네." 하는 표정으로 우리를 쳐다봤다. 사실 그 아줌마가 그 침낭이 우리들의 신혼여행 준비물인 줄 어떻게 알았으랴? 그렇다고 "아줌마! 우리 신혼여행 가서 그 속에서 사랑하려고 해요"라고 말할 수도 없고… 어쨌든 재봉틀 아줌마의 혀 차는 소리와 따가운 시선을 뒤로하고 우리는 신혼여행 준비를 모두 마쳤다.

그리고는 남들 하는 것처럼 하객들 모시고 결혼식을 했다. 그런데 결혼식 날 신부화장을 한 아내가 장인어른의 손을 잡고 들어오는데 그놈의 신부화장이 뭔지, 나랑 결혼하기로 한 여자가 아닌 다른 여자가 식장을 잘못 알고 들어오는 줄 알았다.

여기서 장인어른에 대하여 한 가지만 이야기하고 넘어가자. 한평생을 한의사로 보내신 장인어른께서는 전형적인 옛날 양반이셨다. 성이 진주 유 씨였는데 장인어른이 세상에서 제일 존경하시는 분은 조선시대 단종을 복위시키려다 세조에게 참수당한 사육신 중 진주 유 씨인 유성원이었다. 결혼 승낙을 받으려고 긴장된 표정으로 장인어른 되실 분을 처음 대면했을 때 "성씨가 어딘가?" 하고 물으셨는데 "창녕 성가입니다"라는 나의 답변에 "그러면 우리 유성원 어른과 같은 사육신 중의 한 분이신 성삼문 어른의 후손이구나." 하시며 두말 안 하시고 이십

• 결혼식장의 화장으로 변장한 아내와 장인어른

여 년 동안 고이 키운 7형제의 막내딸을 맡기셨던 분이다. 그런 분에게
우리가 신혼여행 가서 배낭을 메고 등산하고 눈 속에서 텐트 치고 잔
다는 것은 도저히 있을 수 없는 일이어서, 혹시라도 아시게 되면 신혼
여행도 못 가고 파혼당하지 않을까 싶었을 정도였다.

장인어른의 성격을 잘 아시는 장모님과 처형 그리고 처남이 합동 작
전으로 장인어른 몰래 배낭 빼돌리기를 한 끝에 공항행 신혼여행 승용
차(장인어른 차)에 간신히 올라탔다. 차 안에서 아내의 첫 행동은 결혼
식 도중에 하고 있었던 신부화장을 지우는 일이었다. 화장을 지우고
입술의 루즈도 다 닦아낸 맨 얼굴에 학교 다닐 때 입고 다니던 낡은

등산복 차림으로 우리는 희희낙락하며 공항에 갔다.

"제주도에 폭우가 쏟아져서 비행기가 못 뜹니다. 죄송합니다."

티켓팅하려는 순간 카운터 앞에 적혀 있는 알림 글로 인하여 제주도 신혼여행의 꿈은 사라져 버렸다. 잠시 아내와 상의한 후 한라산대신 설악산 등산으로 신혼여행 코스를 바꾸었다. 우리는 커다란 배낭을 다시 메고 김포공항에서 강남 고속터미널로 부랴부랴 가서 간신히 강릉행 마지막 고속버스를 탈 수 있었다. 밤 11시가 넘은 시간에 강릉에 도착했는데 그때만 해도 야간 통행금지가 있던 시절이라서 빨리 잠잘 곳을 구해야 했다.

택시를 타고 기사에게 부탁해서 강릉에 있는 호텔이란 호텔은 다 다녀봤는데 제주도행 신혼여행 팀들이 먼저 와서 모두 차지해 버렸는지 빈방이 없었다. 시간은 어느새 11시 40분을 넘었기에 하는 수 없이 택시기사에게 가까운 여관 중에서 깨끗한 여관이라도 찾아달라고 부탁했고 아저씨가 데려다 준 여관 앞에서 방이 있다는 여관 주인의 말에 택시비 외에 약간의 팁까지 주고 여관에 들어갔다.

그런데! 세상에 우째 이런 일이 있나?

택시기사 그 인간은 우리가 신혼여행 왔다는 이야기(재봉틀 아줌마의 혀 차는 소리와 눈초리가 마음에 걸려서 이야기했다)까지 했는데, 안내 해 준 곳이 싸구려 여인숙이었다. 잠깐 그 여인숙의 내부를 묘사해 보자.

우리가 잘 방은 한 평 반 정도 되는 방의 가운데를 베니어합판으로 막은 후 합판 위에 벽지를 도배해서 방을 두 개로 나누었는데 옆방과 우리 방 사이에 있는 합판 벽은 손으로 살짝 건드려도 삐걱거리면서 흔들거렸고 방은 두 사람이 하늘을 보고 누우면 좌우로 거의 빈틈이 없을 정도로 작았다. 방바닥에는 때 묻은 두꺼운 솜이불이 놓여 있었다.(방값이 2,000원인가 했는데 자장면 한 그릇 값이 600원 정도 하던 시절이었다.) 세면장은 3~4평 정도 크기의 마당 한 귀퉁이에 수도꼭지가 있어서 거기서 세수를 해야만 했다. 화장실도 여인숙 대문 바로 옆에 있어서 방문을 열고(방문을 열면 쪽마루도 없이 바로 마당으로 연결된다.) 나가야 했는데 화장실은 속된 말로 '푸세식' 화장실이었다.

화장실이 그런 것이야 참을 수 있었지만, 베니어로 막은 옆방의 부부가 조용조용 세상 사는 이야기를 하는 소리가 베니어판 벽을 넘어서 들려오니 황당하기 짝이 없었다.

27년 고이 지켜온 사나이의 깨끗한 동정을 바쳐야 될 역사적인 순간에 이 무슨 기가 막힌 신혼 첫날이란 말인가? 거기다가 방바닥은 얼마나 뜨거운지 손을 대고 있을 수 없을 지경이었다. 좌우지간 나는 그날 따끈따끈하게 데워진 온돌방에서 베니어 한 장 건너 옆방에 안 들리게 때 묻은 두꺼운 솜이불을 머리까지 완전히 푹 뒤집어쓰고 땀을 뻘뻘 흘리며, 아내에게 동정을 바쳤다.

다음 날!

사랑은 행동이다

하도 더운 방이라서 잠을 설치면서 새벽 일찍 일어났다. 공동화장실 옆의 세면장에서 찌그러진 양은(알루미늄) 세면대야에 여인숙 아줌마가 가져다주는 바가지에 반도 차지 않은 더운 물로는 양이 너무 적어서 찬물을 듬뿍 타서 간신히 냉기만 없앤 물로 세수를 했다.

그런데 여인숙 아줌마도 우리의 차림새와 화장기 없는 아내의 얼굴 때문에 우리를 신혼부부로 보지 않고 불량기 많은 젊은이들로 보았나 보다. 요즈음 세상 같으면 예사로 보겠지만 그때만 해도 그런 일이 흔하지 않았으니 그럴 만도 했겠지만 바가지로 물을 가져다주는 여인숙 아주머니의 표정이 우리를 손님으로 대하는 게 아니라 "네 이 못된 놈들!" 하는 표정이었다. 어쨌든 대충 얼굴을 씻어내고 텐트와 2인용 침낭까지 들어 있는 빵빵한 배낭을 메고는 여인숙을 나섰다. 그리고는 허름한 식당에 들러서 콩나물 해장국으로 아침식사를 해결했다.

• 설악산 신혼여행-계조암 흔들바위 앞

강릉 시외버스터미널에서 내설악 백담사 출발점인 용대리행 버스에 몸을 실었다. 강릉에서 낙산 해수욕장과 속초 그리고 설악동

입구인 물치를 지나는 지금의 고속도로와 다르게 좁고 꼬불꼬불한 국
도였다.

거기다가 속초에서 진부령을 넘어가는 길은 비포장이었는데 겨울눈
이 녹아서 길은 온통 진창이었다. 그래도 우린 뭐가 그렇게 좋은지 이
리저리 흔들리는 버스의 제일 뒷좌석에서 연신 조잘조잘 대면서 갔다.

길이 좋지 않다 보니 강릉에서 무려 4시간이 걸려서 백담사 입구인
용대리에 도착했다. 백담사 올라가는 길을 배낭을 메고는 열심히 올라
가는데 매표소 아저씨 말씀 좀 들어보소.

"산불 조심 기간이라서 입산 금지입니다."

우리의 신혼여행은 첫날부터 '헤까닥'의 연속이다. 아침 식사를 한
후 5시간이 넘게 지났기에 매표소 부근의 계곡에서 쌀을 씻어서 밥을
하고 김치찌개를 끓여 점심식사를 했다.

다시 진창길로 오랜 시간 동안 버스를 타고 설악동 여관촌까지 오니
밤이었다. 그러니까 신혼여행 둘째 날은 강릉에서 용대리 왕복하면서
시간을 다 보낸 것이었다.

어제 첫날밤을 보냈던 여인숙에 비하니 눈에 보이는 모든 여관이 호
텔 수준으로 보였다. 그중 외관이 그럴듯해 보이는 여관에 들었다. 그런
데 이 여관은 어제와는 또 다른 문제를 가지고 있었는데 객실 수에 비
하여 손님이 너무 적어서인지 난방을 제대로 안 해 방바닥이 거의 냉
방 수준이었다.

사랑은 행동이다

3월 말의 설악동이었으니 산에서 부는 산 공기가 얼마나 추웠겠는가. 주인에게 춥다고 이야기했더니 조금만 기다리면 따뜻해진단다. 그런데 조금 후 따뜻해진다는 그 시간은 다음 날 아침까지 오지 않았다. 너무 추워서 우리는 이불을 푹 뒤집어쓰고는 신혼부부가 사랑하면서 만들어내는 인위적인 열기로 추위를 달래며 간신히 신혼의 두 번째 밤을 보냈다. 오죽하면 발가벗고 자도 아쉬운 신혼여행에서 있는 옷 없는 옷 다 입고 그것도 부족해서 파카까지 껴입고 잤겠는가? 하루는 찜질방이고 하루는 냉동실이니 말 그대로 온탕 냉탕의 신혼여행이었다. 그래도 서방과 함께하는 게 좋아서인지 아니면 텐트 생활보다는 양호해서 그런지 불평하지 않고 밝은 표정으로 열심히 따라다니는 아내가 고마웠다.

너무 추워서 새벽 일찍 일어난 우리는 입산 금지로 인해 야영을 할 수가 없기 때문에 가벼운 배낭을 메고 케이블카를 타고 권금성에 오르기로 했다.

여관촌에서 설악동을 올라가는 길에 저만치에 큰 호텔이 보였는데 대우에서 건설한 뉴설악 호텔(지금의 켄싱턴 호텔)이었다. 신혼여행 숙박지로는 너무 비참한 장소에서 이틀 밤을 보낸 우리는 여관에 돌아가서 짐을 꾸려 뉴설악 호텔로 갔다.

세상에 태어나서 난생처음 들어가 본 호텔이었다. 신혼여행 사흘 동안 여인숙, 여관, 호텔을 두루 섭렵했는데 마지막에 호텔에 오면서 느낀 그 행복함을 무엇에 비기랴.

"희야! 우리 첫날을 호텔에서 자고 돈 떨어져서 마지막 날 여인숙에서 자는 것보다 하루하루 레벨 업 하는 기분이 훨씬 좋지?" 하곤 낄낄거렸다. (산악회 선후배 사이였던 우리는 서로의 호칭을 '희야'-아내의 이름이 영희다-라고 불렀고 아내는 나를 산악부 선배 호칭인 '형'이라 불렀다. 형이란 호칭 때문에 시집엘 처음 갔을 때 시어머니로부터 "남편 보고 형이 뭐냐?"란 꾸중을 듣고 난 이후부터는 '자기야'로 호칭이 바뀌었고 요즈음은 많이 늙었는지 '여보'라고 부른다.)

대충 호텔에서 짐을 정리해 놓고는 가벼운 배낭 차림으로 산행에 나섰다. 설악산엔 차가운 봄비가 내리고 있었다. 작은 우산 한 개였지만 얼마나 찰싹 붙어 다녔는지 우산 한 개에 두 사람의 몸을 감추고도 여유가 있었다.

비 오는 3월 마지막 날의 설악동에는 인적이 거의 없었다. 케이블카를 타고 권금성으로 향했다. 텅 빈 케이블카를 둘만 타고 오르는데 산정은 짙은 비구름으로 덮여서 보이질 않았고 우린 구름 속을 뚫고 올라가고 있었다. 케이블카가 2/3정도 올라갔을까? 주변은 비가 진눈깨비로, 진눈깨비는 케이블카의 고도가 올라가면서 다시 하얀 눈으로 바뀌고 있었다. 권금성에 도착하니 함박눈이 펑펑 내렸고 온 세상은 은세계로 바뀌었다.

권금성 케이블카 상부 계류장에서 산장으로 올라가는 길에는 발자

• 연애하던 시절, 아내와의 산행

국 하나 없었다. 눈 오는 소리가 싸락싸락 들리는 길에 우리 두 사람의 발자국이 만들어내는 뽀드득 소리는 지난 이틀 동안의 황당함을 말끔히 씻어 주었다. 권금성 산장에 도착하니 산장지기 외에는 아무도 없었다. 준비해 간 쌀을 씻고 된장찌개를 끓여서 점심식사를 했다. 저만치 떨어진 자리에서 졸고 있는 산장지기 몰래 아내랑 가벼운 입맞춤을 하면서 먹는 밥맛이란(밥맛인지 입술 맛인지 분간이 안 갔지만) 꿀맛이었다.

그날 저녁 멋진 뉴설악 호텔에서 어둠 속에 봄비 내리는 설악의 연봉을 향한 창문의 커튼을 활짝 열고 구멍가게에서 사온 진로 포도주

(그땐 가게에 와인이라고는 진로 포도주밖에 없었다.)를 마시면서 행복한 신혼의 마지막 밤을 보냈다.

마지막 날 아침.

일찍 서둘러서 울산암에 올라가기로 했다. 제대로 사용해 보지도 못하고 계속 메고 다닌 골칫덩어리 배낭을 국립공원 관리사무소에 계신 아저씨에게 부탁해서 맡겨 두고 올라갔다. 하루 사이에 세상은 날씨가 완전히 바뀌었다. 울산암 가는 길엔 이름 모를 노란 들꽃이 길가에 곱게 피어 있었고 저만치 멀리 보이는 권금성은 하얀 눈 모자를 쓰고 있었다. 둘이서 사진을 찍노라니 길 가시던 분이 너무도 반가운 말씀을 하신다.

"아이고! 신혼여행 오신 모양이네."

우리 보고 신혼여행 온 것으로 인정해 주는 처음이자 마지막 만남이었다. 가벼운 티셔츠 차림으로 울산암으로 올라갔다. 맑은 하늘 저편에 보이는 푸른 동해 바다의 평화로움을 보고 울산암의 가파른 계단을 내려왔다. 그리고 신흥사 옆으로 난 하산 길을 따라 내려오다 보니 우리의 행복한 신혼여행은 끝나갔다.

신혼여행지 변경, 통행금지에 쫓김, 여인숙과 여관과 호텔, 진흙탕 길, 입산 금지, 비와 진눈깨비와 함박눈, 그리고 아름다운 봄꽃이 피어 있던 길을 걸었던 신혼여행은 두고두고 아름다운 추억으로 남아 있다. 뒤죽박죽의 여행이었지만 일생에 단 한 번뿐인 아름다운 신혼여행이

사랑은 행동이다

었노라고, 지금은 말할 수 있다.

●신혼여행 가서 등산하는 것은 개인적으로 권하지 않는다. 마지막 날 아내와
울산암 계단 길을 올라가는데 다리가 풀려서 힘들어 죽는 줄 알았다. ㅋㅋ

# 장모님 업고 중국 여행하기

장모님께서는 돌아가시기 전에 꼭 가고 싶은 곳에 대한 간절한 소망이 있었다. 장모님이 요즘 유행어를 아셨다면 "내 삶의 버킷리스트에 담아야 할 유일한 것은 '중국 여행'이야"라고 말씀하셨을 것이다. 그런데 문제는 장모님의 연세(84세)와 건강이었다.

처남들도 장모님의 연세와 건강 상태로 봤을 때 중국 여행은 불가 판정을 내린 지 오래였다. 왜냐하면 장모님은 지병인 당뇨병과 무릎 관절염이 있는데다가 체중이 65킬로그램이 넘는 풍만한(?) 몸매이셔서 혹시 여행 중 잘못된다면 두고두고 후회할 일이 생길 수 있어서였다.

사랑은 행동이다

그런데 뭔가에 집착하게 되면 모든 생각이 한곳에 모이기 마련이지 않는가. 장모님의 경우에는 그 정도가 더 심해서 매 주말 우리 부부가 장모님 댁을 방문할 때마다 처남들과 우리 부부에게 집요할 정도로 중국 여행 이야기를 하셨다. 나는 아내와 상의한 끝에 우리가 모시고 가자고 의견을 모았다. 그때부터 장모님은 소풍 가는 초등 학생마냥 좋아하셨기에 이번 기회에 장모님께 효도 한번 제대로 하자 생각했다.

그해 5월 노동절이 긴 연휴를 택해서 장모님과 함께 우리 부부는 단체 여행객들과 중국 북경으로 향했다. 여행을 가면서 제일 먼저 신경 쓰이는 게 장모님의 입맛! 전형적인 옛날 어른이라서 평소에 당신이 좋아하시는 것 말고는 거의 드시질 않는 분이니까 당연히 향이 다른 중국 음식은 못 드실 게 뻔했다. 그래서 고추장이나 장아찌 같은 밑반찬을 충분히 준비해야 했다. 그리고 장모님이 가장 좋아하시는 가죽나물로 만든 장아찌도 두둑하게 챙겼다.

첫날 일정은 북경의 천안문과 자금성이었다. 장모님께서는 처음 보는 자금성에 감탄하시며 열심히 관광을 하셨지만 건강에는 다소의 무리가 온 것 같았다. 관절염에 당뇨가 있으신 몸으로 넓은 자금성을 구석구석 돌아보셨으니…

그날 저녁식사 시간에 장모님은 또 우리를 곤혹스럽게 만들었다. 반찬으로 싸간 가죽 장아찌를 바로 옆에서 함께 식사하고 있는 30대 젊은 부부의 밥 위에 동의도 구하지 않고 덥석 덜어놓은 것이 아닌가. 젊

• 장모님과의 중국 여행

은 부인은 기겁을 했다. 가죽 장아찌란 것이 냄새도 만만치 않지만 거무튀튀한 외관도 익숙하지 않은 사람에겐 혐오스럽게 보일 수도 있는데 막무가내로 밥 위에 올렸으니 놀랄 수밖에… 장모님이야 호의로 한 행동이었지만, 사람에 따라서 굉장히 불쾌하게 받아들일 수도 있는 노릇이었다. 참으로 난감했지만 그 부부의 남편이 벌레 씹은 표정의 자기 아내의 옆구리를 쿡쿡 찌르면서 상황을 잘 수습해 주어서 다행히 큰 탈 없이 넘어갔다. (나중에 장모님 안 계실 적에 죄송하다고 사과까지 드렸다.)

다음 날은 오전 명십삼릉 관광, 오후는 이화원!

명십삼릉에 도착했을 때는 5월 초의 아침인데도 대륙의 기온은 이

사랑은 행동이다

미 30도를 넘고 있었고 황금연휴를 맞아 얼마나 많은 사람들이 나왔는지 입구부터 말 그대로 인산인해였다. 어제 자금성 구경에 체력을 많이 소모하신 장모님께서는 명십삼릉 구경은 포기하고 입구에서 기다리시겠다고 하셨다. 그래서 등산용 은박돗자리를 입구의 커다란 나무 밑에 깔아 드리고, 간식거리도 챙겨 드린 다음 우리 부부는 명십삼릉을 관람했다.

관람을 하더라도 장모님께 신경이 쓰여서 주마간산 식으로 볼 수밖에 없었던 데다가 사람이 많아도 너무 많아서 제대로 볼 수도 없었다. 그나마 건조한 날씨 탓에 습도가 낮아 그늘에 가면 크게 덥지 않아 다행이었다.

심각한 일은 오후에 터졌다. 서태후의 여름 별장으로 사용했다는 이화원을 구경하러 간 것까지는 좋았다. 가이드가 점심식사를 이화원 내부에 있는 식당에서 한다기에 식사를 하고 장모님과 우리 부부는 이화원 관람을 포기하고 장모님을 모시고 입구로 나오려고 계획했다. 그런데 우리 일행을 태웠던 버스가 처음 내려준 입구 쪽에 대기하는 것이 아니라 이화원의 후문 쪽으로 이미 가서 그곳에서 대기한다고 가이드가 설명했다.

낭패가 돼 버린 우리들은 별 수 없이 후문까지 2킬로미터 남짓한 거리를 걸어갈 수밖에 없는 노릇이었다. 보통 건강한 사람이야 30~40분이면 되는 거리였지만 장모님이 그 거리를 소화하기란 보통 어려운 게 아니었다. 거기다가 우리 때문에 다른 일행들을 기다리게 해서도 안 될 일이었다. 장모님을 부축해서 허둥지둥 후문 밖의 버스 대기 장소로 갔건만, 우리들의 걸음걸이는 느리고 느렸다. 장모님도 땀을 뻘뻘 흘리면서 혼신의 힘을 다해 걷고 또 걸었다. 마침내 버스에 도착했을 땐 장모님은 기진맥진한 상태였고, 우리들 때문에 일행들은 오랜 시간을 기다린 후였다. 동반 여행자들에게 연신 미안하다는 말을 하고 숙소 호텔로 들어왔다.

문제는 그때부터 나빠지기 시작한 장모님의 몸 상태였다. 갑자기 무리를 했으니 당연하겠지만 다리도 붓고 열이 나면서 호흡은 엄청나게 가빴다. 걱정이 된 아내가 장모님 방에서 거의 밤을 새우며 팔 다리와 가슴을 주무르고 했더니 다행히 새벽이 되자 열도 내리고 부정맥 증세를 보이던 심장도 안정을 되찾으셨다. 십 년 감수한 하룻밤이었다.


### 3일차

만리장성과 용경협! 노동절 연휴라서 팔달령의 만리장성까지 가는 길은 차가 밀려서 멀고도 멀었다. 끝내는 2~3킬로미터를 남겨두고 버스는 그 자리에서 움직일 줄을 몰랐다. 일행들은 만리장성까지 내려서 걸어가기로 했다. 어제 단단히 혼이 나신 장모님은 버스에 그냥 계시겠다고 해서 우리 부부는 홀가분한 마음으로 만리장성을 올랐다. 만리장성 오름길의 경사가 심한데다가 무척 더운 날씨라서 땀을 줄줄 흘리면서 걷는 길이 힘은 많이 들었지만, 모처럼 우리 부부는 신혼여행을 온 것처럼 즐거운 마음으로 만리장성의 장대함을 온몸으로 느꼈다.

오후에는 용경협으로 갔다. 오전을 푹 쉬신 관계로 장모님은 훨씬 기운을 차린 듯했다. 하지만 용경협은 협곡의 산중턱에 자리하고 있어서 산을 올라야 하기에, 여기는 장모님과 주차장 주변 공원을 둘러보는 것으로 대신하기로 했다. 그런데 아이구, 세상에나! 용경협을 올라가는 산길에 에스컬레이터가 깔려 있는 게 아닌가! 비에 젖지 않도록 거대한 플라스틱 튜브 속에 에스컬레이터를 설치해 둔 것이었다. 산에 에스컬레이터라니? 하여튼 중국인들의 엉뚱함에 혀를 내두를 지경이었다.

그렇다면 장모님도 못 가실 것 없지. 장모님을 모시고 공원 끝부분에 있는 에스컬레이터로 가서 함께 용경협으로 올랐다. 용경협에 올라와서 느낀 소감은 장모님 모시고 올라오길 잘했다는 것이었다. 에스컬레이터로 올라와서 카누 같은 조그만 배를 타고 좋은 경치 보면서 협곡에 고인 물 위를 천천히 유람하는 것이었기 때문이다.

그런데 이번 여행의 최대 난제는 바로 용경협에서 발생했다. 관광을 끝내고 당연히 에스컬레이터를 타고 내려오는 줄로 알았더니, 올라가는 에스컬레이터만 있고 내려가는 에스컬레이터는 없었던 것이었다. 하산길은 계곡 건너편에 사람이 뚫은 인공동굴을 지나야 했다. 어두컴컴한 인공동굴을 장모님을 부축해서 조심조심 끝까지 나왔더니, 우리 앞에 고도차 200미터가 넘는 급경사의 하산길이 놓여 있었다!

장모님 얼굴색이 하얗게 변했다. "여길 내가 우째 내려가노?" 나도 아내도 아찔하긴 마찬가지였다. 장모님의 체력과 상태로 그 계단을 걸어 내려가는 것은 불가능했다. 방법은 하나! 내가 장모님을 업고 내려오는 것밖에는 다른 방법이 없었다. 65킬로그램이 넘는 체중에 손으로 잡고 있기 곤란한 미끄러운 한복 치마를 입은 장모님을 업고 내려오다 보니, 아차 하다가는 장모님을 급경사의 산길에서 땅바닥에 패대기치기 십상이었다. "장모님! 놓치면 안 됩니다. 제 어깨를 꽉 잡으세요"를 몇 번 외쳤는지 모른다.

30도가 넘는 날씨에 장모님을 업고 내려오느라 얼마나 긴장을 했는지, 다 내려오고 난 뒤 나는 완전히 탈진했다. 땀을 얼마나 많이 흘렸는지 옷이 땀에 푹 젖었다. 상의를 벗어서 비트니 물이 주르륵 떨어졌다. 아내는 자기 어머니를 업고 내려오는 남편을 보며 미안함에 어쩔 줄 몰라 했다.

그렇게 생고생을 하면서 장모님을 모시고 중국 여행을 다녀왔다. 그후 어떻게 되었냐고?

집에서 아내에게 지금까지 황제 대접을 받으며 살고 있다.

●버킷 리스트 : 영화 〈버킷 리스트〉의 제목으로 '죽기 전에 꼭 하고 싶은 것들'을 말한다. 영화의 줄거리는 말기 암환자가 죽기 전에 꼭 하고 싶은 일을 적은 메모를 경제적 빈곤함으로 포기해야 하면서 버킷(쓰레기통)에 버린 것을

사랑은 행동이다

같은 병실에 함께 있던 다른 부자 환자가 읽어보고 경제적인 도움을 주어서
두 사람만의 여행을 떠나는 것에서 비롯되었다.

# 어머니 업고 홍콩·발리 여행하기

장모님을 모시고 중국 여행을 다녀온 이후로 아내에게서 칙사 대접을 받으면서 행복하게 생활하던 중, 엉뚱한 데서 문제가 일어났다.

어머니의 오랜 지병으로 병원 치료를 받기 위해 한두 달에 한 번씩 서울에 올라오시는 부모님께 장모님과의 중국 여행 이야기를 신나게 하던 중에 어머니 표정이 심상치 않으셨다. 왜 그러실까 했는데, 갑자기 어머니께서 "네 장모는 혼자서 제대로 걷지도 못하는 분이 중국 가고 싶다고 해서 남의 귀한 아들을 그렇게 고생시키나?" 하고 불쑥 내뱉으시는 말을 듣고는 '아이고 일 터졌구나' 싶었다.

그 말씀을 하신 이후부터 어머니의 심사는 좀처럼 풀릴 것 같지 않았다. 괜히 이야기를 꺼내서 평지풍파를 만들었구나 싶었고, 아내도 어머니를 대할 때마다 가시방석에 앉아 있는 것 같았다. 이러다가 시어머니와 며느리 사이에 심각한 문제가 생길 것 같은 예감이 서서히 들기 시작하면서 아내와 해결책을 고민하기 시작했다.

그러던 중 아내가 좋은 생각이 떠올랐다면서 마침 부모님 회혼식(결혼 60주년) 할 날도 얼마 안 남았으니 회혼 기념으로 두 분을 모시고 해외여행을 다녀오면 어떻겠냐는 것이었다. 아내와 의견 일치를 봤지만 이번에도 문제는 어머니의 건강이었다. 어머니도 그때 류머티스 관절염으로 제대로 걷지를 못하셨기 때문이었다.

중국 여행에서 장모님을 업고 산길을 내려오느라 혼이 났던 나로서는 또 다시 어머니까지 업고 다닐 엄두가 나지 않았기에, 평지길이고 많이 안 걸어 다녀도 될 만한 코스를 찾았는데 그렇게 해서 고른 장소가 인도네시아의 발리였다.

그때가 2003년이었다. 코스닥 시장 거품 붕괴와 카드대란 및 기업들의 중국 이전으로 내가 경영하는 여의시스템도 극심한 어려움에 처해 있을 때였다. 여행 경비도 만만치 않은 부담이 되어서 상대적으로 저렴한 여행 패키지를 찾아야 했다. (아내는 여행 경비 절감 차원에서 함께 가지 못했다.)

그래서 국적기보다는 저렴한 캐세이 퍼시픽을 타고 홍콩을 경유해서 가는 방법을 택하기로 했다. 회혼 기념으로 두 분을 모시고 발리 여행을 가기로 했다는 것을 전해 들으신 부모님께서는 너무도 기뻐하셨다. 특히 일제 강점기의 젊은 시절에 중국에서 노무자로 일하시면서 여기저기를 내 집처럼 돌아다니신 아버지께서는 홍콩 경유라는 부분 때문에 더 기뻐하셨다.

유난히도 여행을 좋아하지만 여러 가지 형편상 함께 못 가 서운해하는 아내를 남겨두고 부모님을 모시고 여행을 떠났다. 아버지 어머니는 비행기 안에서부터 잔뜩 들떠 계셔서 모시고 오길 참 잘했구나 싶었다. (어머니는 여행을 다녀온 후 2년 뒤에 돌아가셨기에 어머니의 건강 때문에 여행을 미뤘다면 훗날 두고두고 후회했을 것이다.) 그리고는 4시간 가까운 비행 끝에 경유지인 홍콩에 도착했다.

발리의 덴파사르 공항으로 가는 비행기 출발시간이 7~8시간 정도 남아 있었기에 그 시간 동안 홍콩 시내 여행을 한다고 가이드가 이야기했을 때까지만 해도 또 다른 낭패가 나를 기다리고 있을 줄은 생각도 못했다.

예상치 못했던 일은 홍콩 시내를 버스로 가볍게 둘러본 뒤인 구룡공원 투어에서 발생했다. 구룡공원이 높낮이가 심한 지역에 자리 잡고 있어서 류마티스 관절염인 어머니의 다리 상태로는 걸어다니시기 힘들었다. 그런데도 아픈 다리를 이끌고 20여 분을 억지로 따라다니신 어

사랑은 행동이다

•홍콩 공원에서(아버지는 사진만 찍으면 완전 차렷! 자세가 된다.)

머니의 다리는 어느 순간부터 관절이 퉁퉁 부어올라서 한눈에 보기에
도 더 이상 걷다가는 병원 신세를 질 게 뻔했다.

　그 시간부터 나에겐 중국 용경협의 데자뷰가 되풀이되기 시작했다.
준비해 갔던 소염진통제를 다리에 발라 드린 후 오름길과 내리막길에
서는 어머니를 계속 업고 다녔다. 덕분에 젖 먹던 시절 이후로 어머니
와 가장 많은 스킨십을 하는 시간을 가졌다.

　어머니도 장모님보다는 조금 덜하시지만 나름대로 풍만한(?) 몸매를
가지고 계셨기에 업고 다니기가 만만치 않았고, 어머니께서는 나이가
50이 넘은 자식이 땀을 줄줄 흘리며 업고 다니는 것을 너무 안쓰러워

하셨다.

그래서 내가 한마디 했다.

"어머니! 저에게 미안해하지 마세요. 제가 어릴 적에 어머니는 저를 수십 수백 배 많이 업고 다니셨잖아요. 그때 어머니는 너무 행복했다고 하셨지요? 저도 지금 어머니를 업을 수 있어서 행복합니다."

아버지도 그때 요추 협착 수술을 받으시고 완쾌가 안 되어서 걷는데 다소 무리가 있으셨지만 그럭저럭 혼자 걸으실 수 있었고 내 배낭도 대신 메주셔서 그나마 다행이었다.

좌우지간 높은 기온에 습도가 높은 홍콩에서 어머니를 업고 다니느라 중국 용경협 못지않게 땀깨나 흘렸다. (여행 다녀오신 이후로는 어머니께서 장모님 중국 여행 이야기를 다시는 안 하신 것으로 봐서 우리 부부의 작전은 한마디로 말해서 '대성공'이었다.)

아버지께서는 일제 강점기에 와보셨던 홍콩에 대한 감회가 남다르신 것 같았다. 한 가지 큰 부담을 덜었던 것은 두 분이 생각 밖으로 홍콩의 향채(고수)와 독특한 향신료가 들어간 음식들을 잘 드신다는 점이었다. 음식에 대한 부분은 전혀 신경을 쓰지 않아도 되었기에 장모님과 같은 해프닝은 걱정하지 않아도 되었다.

그리곤 다섯 시간 가까운 비행으로 발리의 덴파사르 공항에 도착 했다. 공항에서 작은 문제가 생겨서 시간을 조금 지체하는 바람에 우리가 묵을 리조트에는 밤 12시가 지나서 도착했다.

• 남태평양 해변에서 결혼 60주년 데이트

리조트는 객실 4개가 2층 높이의 건물(1층과 2층 객실이 각각 2개씩 있다)로 되어 있는 자연친화적인 오두막집이 키 큰 야자수 사이에 숨어 있었기에 우리가 묵는 숙박동에서는 다른 숙박동이 잘 보이지 않았고 동과 동을 이어주는 보도에는 아주 희미한 꼬마전등만 켜져 있어서 초행길에는 근무자를 따라가지 않으면 길이 있는지도 분간하기 쉽지 않았다.

부모님을 붙어 있는 옆방에 모셔 드리고 내 방으로 건너오니 긴 비행과 홍콩에서의 어머니 업고 다니기로 인하여 갑자기 피곤이 밀려와 정신없이 꿈나라로 직행했다.

다음 날!

아침 햇살이 창가로 스며들기에 부스스 일어나서 문을 열고 밖을 봤더니, 주변 분위기가 얼마나 아름다운지 선경이라는 느낌이 들었다. 한국의 펜션 분위기의 나지막한 오두막집 주변에 엄청 큰 야자수들이 들어서서 숲속에 드문드문 있는 오두막집들을 가리고 있었고 온갖 이름 모를 새들의 지저귀는 소리가 귀를 어지럽혔다. 거기다가 야자수 사이로 저만큼에 남태평양의 푸른 물결이 넘실대고 있었다.

우리가 묵는 숙소는 호텔이 아니라 리조트였다. 주변 경치가 너무 아름다워 잠시 넋을 놓고 바라보다가 어제 다리가 퉁퉁 부어서 힘들어 하시던 어머니의 건강 상태는 어떠신가 싶어 부모님 계신 방을 노크했더니 두 분은 벌써 나가시고 안 계셨다.

잠이 덜 깬 눈으로 호텔 주변을 돌아다니다 보니 야자수 숲속에 수영장과 레스토랑이 멋있게 자리하고 있었고 관광객들이 아침식사를 하느라 레스토랑 주변이 부산했다.

부모님께서 해변을 산보하고 저만치에서 걸어오고 계시기에 잠시 기다렸다가 같이 아침식사를 했다. 식사하면서 어머니께서 활짝 웃으며 말씀하셨다.

"큰애야! 우리는 어제 저녁에 고층 건물의 일반적인 호텔을 생각하다가 전등도 제대로 켜지 않은 어두침침한 여관 같은 곳을 들어오기에 싸구려 여행상품을 예약했구나 싶어 속으로 조금 섭섭하게 생각했단다. 그랬는데 방에 들어와 보니 시설이 여관 같지 않게 너무 좋아서 그나마 다행이다 싶었는데 새벽에 일어나서 방을 나와 보니 세상에 이렇게도 아름다운 데가 있나 싶어서 아버지와 주변을 돌아다녀 보고는 천국같이 이렇게 좋은 호텔을 어제 저녁에는 여관 같다고 생각한 게 얼마나 미안하던지… 아버지하고 바닷가를 다니면서 너무 즐거워서 나도 모르게 웃음이 저절로 나온다."

리조트 측 설명으로는 자연 친화적으로 유지하기 위해서 밤에는 달빛이나 별빛을 보라고 전등 불빛을 최대한 희미하게 해둔다고 했다. 리조트의 아침은 내가 생각해 봐도 낙원이 따로 없었다. 이렇게 좋은 여행지를 여행 경비와 학교 다니는 애들 때문에 아내와 같이 오지 못한 게 미안했다.

수영장 옆의 비치 의자에서 책을 읽고 있던 독일 여행객과 짧은 영어 실력으로 이런저런 이야기를 나누었는데 이곳에 한 달째 머물면서 책도 읽고 시간 나면 수영도 하면서 보내는데 마음도 편안하고 비용도 얼마 안 들어서 너무 좋다고 한다.

부모님께서 리조트 시설에도 만족해 하셨고, 아침에 산보까지 하신 것을 보니 어머니 다리도 어제보다 많이 회복되신 것 같아서 큰 걱정은 안 해도 될 것 같았다. 발리에서의 첫날 여행은 적도 부근이라서 기온은 상당히 높았지만 습도가 낮아서 그늘에서 쉴 때는 시원함도 느낄 수 있고 관광지의 경사도 심하지 않아서 어머니를 조금씩 부축해

드리는 정도로도 어렵지 않게 하루를 무사히 넘길 수 있었다.

## 둘째 날

오늘은 아침식사 후에는 자유시간이라고 한다. 함께 오신 분들은 대부분 래프팅을 한다고 예약을 해서 떠났고 부모님께서는 여기저기 다니는 것보다 남태평양 해변을 걷는 게 너무 좋다고 리조트에 있겠다고 하셨다. 나도 이번 여행은 부모님을 모시는 게 주요 목적이라서 주저 없이 부모님과 같이 남았다.

그런데 한국에서 함께 온 TC(Tour conductor)가 자기가 대신 모시고 있을 테니 래프팅을 다녀오라고 한다. 부모님께서도 그렇게 하라고 말씀하시기에 래프팅 이벤트사로 전화해서 혼자인데 가능한지 알아봤더니 "No problem!"이란다.

래프팅 이벤트 샵에 갔더니 계절적으로 관광객이 많이 없는 때라서 그늘에서 놀고 있는 젊은 래프팅 가이드가 따라나서기로 했다. 발리의 래프팅 코스는 그랜드 캐니언이나 한탄강처럼 평지에서 아래로 200~300미터 움푹 들어간 협곡 속에 있었기에 차에서 내려서 급경사의 흙길을 따라 한참이나 아래로 내려가야 출발점이 있었다.

남국 특유의 흙탕물이라서 물속에 몸을 담그기는 싫었지만 계곡이 워낙 협곡이고 험난한데다가 주변에 열대 특유의 나무들과 바위 위에서 몸을 말리는 1미터가 넘는 도마뱀도 심심찮게 볼 수 있어서 부모님

•발리의 해안 절벽

께는 조금 미안했지만 오길 잘했다 싶었다.

　래프팅 가이드는 17살쯤 된 젊은 친구였는데 성격이 밝은데다가 영어 문장 구사 능력은 없었지만 자신이 알고 있는 수십 개의 영어단어만 가지고 자신의 생각을 훌륭하게 표현하는 재주를 가지고 있었다. 덕분에 둘이서 장난도 치고 때로는 서로의 조국 유행가(협곡이라 노래를 부르면 큰 동굴 속처럼 메아리쳤다.)도 목청껏 부르면서 신나게 래프팅을 했다.

　리조트에 돌아와 보니 그동안 두 분은 결혼 60년이 며칠 남지 않았을 때라 해변에서 회혼 데이트를 즐기신 것 같았다.

그 다음 날은 관광버스를 타고 이곳저곳을 열심히 돌아다녔지만 나의 여행 목적이 부모님을 돌보는 것이라서인지 여행 코스에 대한 부분은 크게 기억 속에 남은 게 없고 가파른 계단 길에서 팔십이 다 되신 어머니를 업고 땀 흘리며 오르던 기억과 발리가 힌두교의 섬인지라 도처에 소들이 마음대로 돌아다니던 것이 특별한 풍경으로 남아 있다.

아직도 장모님과 어머니를 업고 다녔던 중국과 홍콩, 발리 여행을 떠올릴 때면 그때 있었던 이런저런 에피소드가 생각나서 가벼운 웃음을 입가에 흘리게 된다. 그러다가도 이젠 다시 못 돌아올 먼 길을 떠나셔서 더 이상 업어 드릴 기회가 없는 것이 너무 아쉽다는 생각이 든다. 최진희 씨가 부른 〈어머니〉를 마음속에 담아 보는 것으로 가신님을 마음속에 그려본다.

마음 하나 편할 때면 가끔씩은 잊었다가
괴롭고 서러울 때 생각나는 어머니
지난 여름 정든 고향 개울가에서 어머님을 등에 업고 징검다리 건널 때
너무나도 가벼워서 서러웠던 내 마음
아직도 나는 나는 잊을 수가 없습니다.

젖줄 떠나 자란 키는 당신보다 크지만

지금도 내 마음은 그 팔베개 그립니다.

내 팔베개 의지하신 야윈 얼굴에 야속하게 흘러버린 그 시절이 무

정해

어머님이 아실까봐 소리 없이 울었네.

지금도 그 한밤을 잊을 수가 없습니다.

# 어머니의 병상에서

어버이 살아실 제 섬길 일란 다하여라
지나간 후면 애닯다 어찌하리
평생에 고쳐 못할 일 이뿐인가 하노라.


송강 정철의 어버이에 대한 시조입니다.
어떤 가수가 노래로도 불렀습니다.
어머니!
과연 저에게 있어서 어머니의 존재란 어떤 모습입니까?


사랑은 행동이다

어렸을 때 막대 사탕 입에 물고 엄마 치마를 잡고 따라가면서 행여 치마를 놓치면 엄마를 영영 잃어버릴 것 같은 불안감에 한 손에는 사탕 들고 빨면서 한 손으론 어머니 치마를 잡고 갈 때 느꼈던 그런 모습입니까?

입으로 젖을 빨면서 남은 조막손으로 나머지 한쪽 젖을 조몰락 조몰락거릴 때의 뽀얀 가슴에 젖이 가득 든 그런 모습일까요?

입학시험 날 유난히 추운 고사장 앞에서 추운 줄 모르고 기도하던 그런 모습일까요?

못된 짓을 한 자식에게 화가 나서 회초리로 때리다가 퉁퉁 부은 종아리가 안쓰러워 자식을 끌어안고 함께 눈물 흘리시던 그런 모습일까요?

어릴 때 어머니는 우리의 희망이었습니다.

한쪽이 기울어도 많이 기울어진 부모님 틈바구니에서 우리는 어머니가 있음에 가정이 그나마 유지가 되는 그런 가정에서 늘 불안 속에 이리저리 눈치를 봐가면서 어린 시절을 지내왔습니다.

그래서 지금은 우리 5형제가 나름대로 사회에 일익을 담당하며 열심히 살게끔 해놓으셨습니다.

신혼생활 3개월 만에 제2차 대전 학도병으로 끌려가신 아버지는 해방되어도 돌아오시지 않고, 필리핀 전선에서 돌아가신 것 같다는 소문을 듣고도 20대 초반의 꽃다운 나이에 여생을 혼자서 사시기로 결심

하셨던 어머니셨습니다.

해방되고도 한참이 지나서 아버지가 돌아오셨다가 불과 몇 달 만에 6·25 전쟁이 일어나서 참전하셨을 때도 그냥 그렇게 혼자 사셨습니다.

채소보퉁이를 머리에 이고 대구의 원대시장 귀퉁이에서 좌판을 펼치고 지나가는 손님들에게 정구지 한 묶음 사달라고 애원하던 모습일 때도 있었습니다. 일수 아줌마의 모습이 우리 어머니의 모습이기도 했습니다.

바람 불어 추운 겨울 우리 집 근처의 허물어져 가는 빈집에서 덜덜 떨며 보내는 거지에게 주려고 더운물을 끓여서 찬밥 덩어리와 한두 가지 반찬을 소반에 담아 가시던 모습은 저에게 또 하나의 어머니 모습으로 남아 있습니다.

어제는 수술 후 고통으로 끙끙 앓고 계시는 어머니의 옆에서 밤을 지새웠습니다.

어머니의 고통을 옆에 있으면서도 조금도 덜어주지 못하는 자식입니다. 이젠 얼굴의 주름살이 너무나 많아져서 그 주름살 주름살에 어머니가 살아오신 삶의 구비를 넣고 또 넣어도 한쪽 부분엔 못 채운 빈 주름이 남아 있을 정도로 늙으신 어머니입니다.

머지않은 어느 날 문득 우리 곁에서 바쁘게 떠나가실 텐데 살아계신 어머니에게도 효도하지 못하고 늘 바쁜 척하는 못난 자식입니다.

이제 젖 빨며 주무를 뽀얀 가슴도 남아 있질 않고 꼭 잡고 갈 치마

사랑은 행동이다

도 어머니에겐 없습니다.

무거운 채소보퉁이를 머리에 이고서도 먼 거리를 걸어가던 다리는 이제 관절염이 심해져서 노인정 가기도 불편한 모습만이 남아 있습니다.

그동안 몸과 마음을 다하여 어머니로서의 역할을 충분히 다하셨기에 우리가 이만큼 성장한 것입니다.

어머니!

당신의 병실에서 이 아들은 훌륭한 어머니가 계심을 자랑스럽게 생각하며 마음속 깊이 감사를 드리고 있습니다.


● 이 글은 간암과 폐암으로 마지막 투병을 하고 계시는 어머니의 병실에서 간병을 하면서 밤에 쓴 글이다.

# 스승의 사랑과 자식 교육

온 가족이 돌아가면서 투병 생활을 하고 있을 적에 둘째(제현)가 태어났다. 혹자는 뭐가 그렇게 바빠서 애를 만들었냐고 이야기하는 분도 있었다. 그 시절만 해도 백혈병이 재발하면 골수이식 외에는 살릴 방법이 거의 없었던 때라서 어떻게든 골수이식을 해줄 기증자를 찾아야 했는데 맞는 골수를 찾기란 수만 분의 1 정도로 쉽지 않았다. 의사의 이야기로는 형제끼리는 두 명에 한 명 정도 비율로 이식이 가능한 골수를 가지고 있다기에 만일의 가능성에 대비하여 둘째를 가졌던 것이다. 훗날 태어난 동생도 형을 살리기 위한 부모의 마음을 알게 된다면 충

사랑은 행동이다

분히 이해하리라 싶었다.

다행히 석현이는 수년간의 항암제 치료로 완치가 되었지만 문제는 엉뚱한 데서 발생했다. 나는 질병으로 죽음과 사투를 벌였던 형 대신, 동생이라도 좋은 대학에 가서 훗날 질병으로 어려움을 겪었던 형의 부족함을 메워 주기를 바랐다.

그런데 둘째의 입장으로 봤을 때 커가면서 친가와 외가의 삼촌 및 사촌형제들이 대부분 명문대 출신이라는 것이 스트레스였던 것 같다. 거기에다 부모의 기대가 큰 부담이 되었는지 제현이는 중학교 때부터 방황하기 시작했다. 틈만 나면 게임에 빠지고 급기야는 술과 담배를 하는 흔적도 눈에 띄기 시작했다.

요즈음 둘째 녀석이 자신의 말썽 부리던 시절 이야기가 아버지가 쓰는 책에 자세히 기술되는 것을 막으려고 나에게 미소 공세를 보내고 있기에 아들의 체면을 위해서 짧은 글로 마무리 지을 예정이지만 감당하기 힘든 고통을 나에게 준 것은 분명하다. 고2 때는 학교에 자퇴 신청까지 했으니…

내 삶에 있어서 가장 힘들었던 일들을 언급하라면 온 가족의 '죽음과의 입맞춤'으로 고통의 시간을 보낸 것과 석현이를 대학 보내기 위해서 전 과목 가정교사를 한 것, 그리고 둘째 제현이의 6년간의 방황을 꼽을 수 있을 것 같다. 제현이의 방황 때는 얼마나 힘들었으면 마음의 병이 육체적인 병을 만들어서 6개월 동안 병원 통원치료를 받았을 정도였다.

어쨌든 우리 부부는 자식에 대하여 끝까지 끈을 놓지 않았고 온갖 어려움 속에서도 언젠가 바른길을 걸어가리라 확신했다.

그 후 제현이는 3수 끝에 간신히 전문대학에 턱걸이로 들어갔고, 대한민국 국민으로서 국방의 의무도 다했다. 군에 다녀온 후 복학한 이후부터는 언제 그랬냐는 듯 학업에 최선을 다해서 좋은 성적으로 무사히 학교를 졸업하고 직장에 다니면서 4년제 대학에 편입해 열심히 공부하고 있다.

또한 작년에는 귀엽게 생긴 아가씨를 사귀어서 결혼을 했는데 착한 성격의 며느리가 시부모와 같이 살고 싶다고 하는 바람에 요즈음은 한 집에서 아들 내외와 세상 이야기도 하고 때로는 장난도 치면서 지내고 있다.

얼마 전에는 아들 내외와 같이 강원도의 천상화원 곰배령 등산을 다녀왔다. 자식 내외와 4시간 동안 땀 흘려가며 깊은 산속 길을 걸으면서 이런저런 이야기도 하고 음식도 나눠 먹으며 참 행복을 느꼈다.

제현이가 지금과 같이 바른길을 걸어가는 데 큰 영향을 주신 분이 제현이의 청담고 2학년 담임이셨던 정병근 선생님이었다. 나에게 자식이 말썽을 부리더라도 끝까지 포기하지 말고 부모의 자리를 지켜야 함을 일깨워 주신 분이다. 그래서 우리 부부는 제현이의 담임 선생님께 감사의 인사를 해마다 드리고 있다.

'서운함과 미움은 모래에다 새기고 감사에 대한 마음은 바위에 새기라'는 옛 성현의 말씀을 나는 항상 마음속에 담아두고 있다. 감사하는 마음은 세상을 살아가는 데 큰 자산이다.

얼마 전 제현이가 나에게 이렇게 이야기했다.

"제가 말썽 부리던 시절에 아버지를 미워했었는데 세상을 살아가면서 다시 바라본 아버지는 항상 그 자리에 굳건히 서 있었던 저의 큰 바위 얼굴입니다."

중, 고등학교 시절 유난히도 말썽을 부렸던 둘째는 올해 초 연세대 대학원을 졸업하면서 나의 학교 후배가 되었다.

# 얼치기 돌팔이의 심장 마사지

예상치 못한 돌발 상황은 친구와 후배 및 아내와 영월을 다녀오던 중 고속도로에서 발생했다.

운전대를 잡고 운전을 하던 중 운전석 바로 뒤에 앉은 후배 S군의 이상한 행동이 룸미러에 보였다. 몸이 많이 불편한지 눈을 크게 떴다가 감았다가 다시 찡그리고… 평소와 다르게 잠시도 쉬지 않고 이상한 행동을 하고 있기에 운전을 하면서도 틈틈이 룸미러를 통해 후배의 모습을 유심히 관찰했다.

후배가 평소에 고혈압이 있는데다가 조금 전 김삿갓 무덤 부근의 토종닭집에서 백숙을 먹으면서 마신 막걸리가 문제가 생겼나 싶었다.

그런데 갑자기 후배가 눈을 화등잔처럼 크게 뜨더니 그 상태에서 얼굴 근육이 굳어지면서 통나무처럼 옆으로 쓰러지는 게 아닌가?

뒷자리에 있던 아내가 놀라서 빨리 병원으로 가자고 소리쳤다. 바로 그 순간, 나는 2년 전 내셔널 지오그래픽에서 우연히 봤던 'Heart Attack(심장마비)' 다큐멘터리 프로그램이 생각나면서 마음이 얼음처럼 냉정해졌다. (그 프로그램에서 나레이터는 '심장마비가 일어나면 세계 최고의 심장 전문 의사가 20분 후에 최신의 장비로 치료하는 것보다 그 자리에서 초보자가 시행하는 심장 마사지가 생존 확률을 수십 배 높인다'고 했고 심장은 갈비뼈가 부러지지 않을 정도로 강하게 압박하라면서 잘못해서 갈비뼈가 부러지더라도 두세 달이면 쉽게 붙기 때문에 상관없다고 했다.)

우리가 있던 그 지점에서 제천에 있는 큰 병원까지는 빨라도 15분 이상 걸리는 위치였고 응급실로 가서 수속을 밟다 보면 20분은 쉽게 지나가리라 싶었다. 나는 즉시 갓길에 차를 세웠고 옆에서 병원에 가자고 소리치는 두 사람을 무시한 채 뒷자리로 가서 쓰러진 후배의 심장 부위의 가슴을 사정없이 눌렀다.

심장마비가 일어난 후배는 통나무처럼 뻣뻣했고 심장 압박을 가하는데도 한참 동안 아무 반응이 없었다. 내 느낌으로 2~3분(실제로는 40초 정도였을 것이다)의 시간이 지나면서 절망적인 느낌이 들기 시작하는 그 순간 "으으으" 하는 소리와 함께 후배는 가쁜 숨을 쉬기 시작하면서 눈을 떴다.

의식을 차린 후배는 그때부터 얼굴에서 땀이 줄줄 흘러내리기 시작했다. 의사인 동생에게 전화를 해서 상황을 설명했더니 전형적인 심장마비 후에 나타나는 증세라고 했다. 환자를 자리에 편하게 눕히고 심장이 계속 뛰는지 손의 맥박을 체크하면서 병원으로 가라고 했다.

그 이후의 결과를 이야기하자면, 후배는 '얼치기 돌팔이 심장 마사지'의 도움으로 가족들과 지금도 건강하고 행복하게 잘 살고 있다.

나는 아직도 그때 그 후배가 소생하지 못했다면 "아무것도 모르는 인간이 빨리 병원에 가지 않고 심장 마사지한다고 하면서 사람을 죽였느냐?"라는 비난을 어떻게 감수했을까 싶어 가슴을 쓸어내리게 된다. 그렇지만 나는 지금도 그때 나의 판단은 정확했고 올바른 결정이 바른 결과를 만들었다고 믿기에 같은 일이 또 생기더라도 같은 행동을 할 것이다.

사랑은 행동이다

# 교통사고와 먹튀

강원도 임원에서 삼척으로 통하는 국도는 최근 준고속도로가 되어 옛날의 꼬불꼬불한 길로 가는 것보다 시간이 1/3밖에 걸리지 않는다. 지난겨울 가까운 선배 내외와 임원항에서 싱싱한 회에 소주 한잔 하고는 얼큰한 기분에 아내가 운전하는 옆자리에 앉아 어둠이 깔린 밤, 삼척에 있는 숙소로 돌아오는 길이었다. 갑자기 눈앞에 전복된 두 대의 차가 보였다.

"여보! 차 세워!"

급작스런 나의 말에도 갑자기 왜 세우라는지 이유를 모르는 아내는 차를 세우지 않고 속도만 조금 줄였다. 그냥 뒀다가는 전복된 차를 그대로 들이받을 게 뻔했기에 차 안이 떠나갈 정도로 소리쳤다.

"당장 차 세워!"

깜짝 놀란 아내가 도로 가운데에 차를 세웠고, 그제야 아내도 20 미터 앞의 전복된 차를 목격한 모양이었다. 나는 아내에게 우리가 뒤에서 오는 차에 부딪힐 수 있으니 사고 난 차를 30미터쯤 지나간 지점에 차를 세우라고 했다. 아내는 얼마나 놀랐는지 벌벌 떨면서 연기가 무럭무럭 피어오르는 두 대의 차량 사이로 기어가다시피 아주 천천히 통과한 후, 갓길에 차를 세웠다.

그리고 나는 사고 차량을 향해 마구 달려가면서 빌었다.

'제발 제가 죽어 있는 사람이 아니고 살아 있는 사람을 볼 수 있도록 해주십시오.'

옆으로 넘어진 탑차에서 사람의 움직임이 보였다. 한쪽 문은 바닥에 깔렸기에 운전석 문을 잡아당겨 봤지만 옆으로 구르면서 문짝이 크게 찌그러져서 꿈쩍도 안 했다.

하는 수 없이 자동차 앞 유리창을 신사화를 신은 발로 마구 걷어찼지만 유리는 꿈쩍도 안 했다. 유리를 후려칠 나무 조각이라도 있는지 주위를 살폈지만 깨끗한 고속도로에서 나무 조각을 발견하기란 불가능에 가까웠다.

그 사이 라이트를 켠 차들은 사고가 난 두 대의 차량 사이를 솜씨 좋게 운전하면서 빠져나갔고 정신없이 유리창을 걷어차고 있는 내가 방해가 되었는지 빵빵 경적을 울리는 차도 있었다. 그 순간 자동차에 타이어 갈아 끼울 때 쓰는 수동 잭(Jack, 작기)이 생각났다.

미친 사람처럼 허둥거리며 차로 뛰어가서 뒤트렁크에서 잭을 끄집어 내면서 아내에게 119에 신고해 달라고 말했다. 그랬더니 아내는 조금 전에 차를 세우자마자 바로 신고했단다. 다시 사고 차량으로 달려간 나는 수동 잭으로 유리창을 마구 후려쳤더니 비로소 유리에 조금씩 금이 가기 시작했다. 혼자서 금이 간 유리창을 발로 밀었더니 그때서야 유리가 조금씩 안쪽으로 밀려들기 시작했다.

그 순간에도 사고 차에서는 연기가 피어올랐기에 불이 언제 붙을지 몰라서 마음은 급해졌는데 다행히 지나가던 승용차의 운전자가 한 명 나와서 나와 같이 유리창을 발로 밀기 시작했다. 유리창이 완전히 밀리면서 부상자가 빠져나올 공간이 생겼다.

밖으로 나온 운전자는 하반신이 피투성이였지만 생명에는 지장이 없었다. 안전을 확인한 후 다시 SUV 차량인 옆 차로 달려갔더니 다행히도 그 차의 운전자는 큰 부상 없이 차를 탈출했는데 많이 아픈지 차 옆에 쭈그려 앉아 있었다. 바로 그때 응급 차량과 소방차가 도착하였기에 그분들께 부상자를 넘겨 드리고 차로 돌아왔다.

삼척으로 오는 차 안에서 같이 타고 있던 학교 선배가 무섭지 않더 냐고 묻는다.

내가 대답했다.

"선배님, 제가 사고 차량으로 달려갈 때 온몸이 마구 떨렸습니다. 머리통이 터져서 죽어 있는 시체를 볼 수도 있는데 왜 안 무섭겠습니까? 그렇지만 사고 난 분이 우리 가족이라 생각해 보십시오. 연기가 나는 것으로 봤을 때 잠시 후 차량에 불이 붙어서 타 죽을 수도 있는데 저는 그들을 내버려두고 갈 수가 없었습니다. 그분이 제 가족은 아니지만 내 조국 대한민국의 국민입니다. 그래서 저는 조금도 주저하지 않고 무서움에 떨면서도 달려갔습니다."

최근 국가적 재난이 생겨서 온 나라가 몇 달 동안 비통에 잠겼다. 그리고 사고 선박의 선장과 선원들에게 분노를 마구 표출했다. 자기 자식보다 어린 고등학생들과 승객을 배에 남겨두고 탈출하는 인간들에 대해서는 정신감정부터 해봐야 하지 않을까 싶다. 정말 그 인간들은 죽이고 싶을 만큼 나쁜 인간이다.

그런데 나는 우리 자신에게 묻고 싶은 말이 있다. 당신이 그 자리에 있었다면 어떻게 행동했겠는가를… 그 답을 얻기 위해서 내가 경험한 교통사고 현장을 대입해 보자.

교통사고가 난 차량에서 부상자를 구출하기 위해서 필사적으로 노력하는 사람을 도와주지 않고 그 사이를 빠져나가는 무수한 차량의 운전자들은 자신이 사고를 일으키지 않았기 때문에 아무 잘못도 없다고 할 것인가? 하물며 자기 차가 빠져나가는 데 방해가 된다고 사고 차량의 부상자를 구출하고 있는 순간에 빵빵 경적을 울리는 데 무슨 말을 해야 할까? 그때 그 순간에는 얼마나 화가 나던지 내가 들고 있는 수동 잭으로 그 인간이 타고 있는 자동차 유리창을 내려치고 싶었다.

왜 우리는 남의 잘못은 분노하고 비난하면서 그와 같은 상황에서 자신은 비난받을 짓을 하는 것일까? 세월호 선장과 자신의 행동은 다르다고 보는 것일까?

우리가 우리 자신을 한번 되돌아보고 반성해야 한다. 그러기 위해서는 국가적인 재난에 즈음하여 학생 때부터 재난 관련 교육 시스템을 만들어서 실시하는 것부터 우리 사회를 조금씩 바꾸어 나가야 하지 않을까 싶다.

# 아직도 나는 도전을 꿈꾼다

내가 좋아하는 가장 아름답고 순수한 사랑을 그린 모습은 알퐁스
도데의 《별》 속에 나오는 장면이다.

내가 알프스의 뤼르봉 산에서 양을 치고 있을 때의 이야기입니다.
몇 주일 동안 사람이라고는 그림자도 구경 못하고, 하루 종일 양떼
와 사냥개 검둥이를 상대로 홀로 목장에 남아 있어야 했습니다.
(…중략…)
스테파네트 아가씨도 무슨 바스락 소리만 들려도, 그만 소스라치며

사랑은 행동이다

바싹 내게로 다가드는 것이었습니다.

한번은 저편 아래쪽 못에서 처량하고 긴 소리가 은은하게 굽이치며 우리가 앉아 있는 산등성이로 솟아오르는 것이었습니다.

바로 그 찰나에, 아름다운 유성이 한 줄기 우리들 머리 위를 같은 방향으로 스쳐가는 것이, 마치 금방 우리가 들은 그 정체 모를 울음소리가 한 가닥 광선을 이끌고 지나가는 것 같았습니다.

"저게 무얼까?"

스테파네트 아가씨가 나지막한 목소리로 물었습니다.

"천국으로 들어가는 영혼이지요."

이렇게 대답하고 나는 성호를 그었습니다.

아가씨도 나를 따라 성호를 긋고는 잠시 고개를 들고 하늘을 쳐다보며 깊은 명상에 잠겼습니다.

아가씨는 여전히 하늘을 쳐다보고 있었습니다.

그렇게 손으로 턱을 괸 채 염소 모피를 두르고 있는 모습은, 그대로 귀여운 천국의 요정이었습니다.

"어머나, 별들이 저렇게 많아! 참 기막히게 아름답구나! 저렇게 많은 별은 생전 처음이야."

(…중략…)

무엇인가 싸늘하고 보드라운 것이 살며시 내 어깨에 눌리는 감촉을 느꼈습니다.

그것은 아가씨가 졸음에 겨워 무거운 머리를, 리본과 레이스와 곱슬곱슬한 머리카락을 앙증스럽게 비벼대며, 가만히 기대온 것이었습니다.

스테파네트 아가씨는 훤하게 먼동이 터 별들이 해쓱하게 빛을 잃을 때까지 꼼짝 않고 그대로 기대고 있었습니다.

나는 그 잠든 얼굴을 지켜보며 꼬빡 밤을 새웠습니다. 가슴이 설렘을 어쩔 수 없었지만, 그래도 내 마음은, 오직 아름다운 것만을 생각하게 해주는 그 맑은 밤하늘의 비호를 받아, 어디까지나 성스럽고 순결함을 잃지 않았습니다.

우리 주위에는 총총한 별들이 마치 헤아릴 수 없이 거대한 양 떼처럼 고분고분하게 고요히 그들의 운행을 계속하고 있었습니다.

그리고, 이따금 이런 생각이 내 머리를 스치곤 했습니다. 저 숱한 별들 중에 가장 아름답고 가냘픈 별님 하나가 그만 길을 잃고 내 어깨에 내려앉아 고이 잠들어 있노라고…


내가 아직도 암벽을 오르고 배낭여행을 하는 것은 목동과 같은 순수함이 남아 있기 때문일 것이다.

그렇지만 나는 아가페적인 사랑과 에로스적인 사랑의 양면을 모두 가진 평범한 인간이기에 알퐁스 도데의 《별》처럼 아름다운 사랑을 동경하면서 또 다른 한편으로는 수컷의 본능도 꿈틀거려서 남설악 흘림

골에서 만났던 폭포 속의 멋진 여인과의 뜨거운 사랑도 상상 속에 그려본다.

내가 기업경영과 혁신기술의 멘토로 삼는 분이 삼성의 이병철 회장이다. 홍하상 작가가 쓴 《이병철에게 길을 묻다》를 읽어 보니, 이병철 회장은 뒷방 늙은이가 되기 십상인 73세에 반도체를 삼성의 새로운 성장 동력으로 만들기로 결심하신 분이셨다. 그 시점에서 반도체를 하지 않았다면 스마트폰, 메모리 반도체 세계 1위라는 오늘의 삼성이 있었을까?

초등학교 시절에 집(대구 원대동)과 학교(계성초등학교)를 오가는 길옆에 오늘의 삼성을 태동시킨 작은 정미소 건물이 있었다. 그분에겐 어떤 면이 있어서 대구의 작은 정미소에서 출발하여 세계 최고의 기업을 만들었을까? 어릴 적부터 가지고 있었던 의문점이었다.

여러 가지 분석이 있겠지만 내가 보는 관점에서는 끊임없는 도전 정신과 열정으로 생각된다. 홍하상 작가가 쓴 책을 대하기 전에는 나도 60세까지만 열심히 일하고 나머지 시간은 인생을 즐기며 살리라고 생각했는데 현역에서 물러난 친구들의 모습을 보면서 느낀 것은 남은 삶을 하는 일 없이 벌어놓은 돈으로 여행 다니면서 사는 것보다 열심히 일하면서 보내는 것이 더 큰 행복을 가져다주는 길이겠구나 하는 것이었다.

늙어 죽을 때까지 기업 경영의 모든 것을 내가 결정하고 결정한 대로 끌어나가는 모습은 노욕으로 비쳐질 수도 있어서 피해야겠지만, 함께 회사를 키웠던 역량 있는 임직원들과 새로운 비즈니스에 대하여 방향 설정을 하면서 같이 고민하고 같이 성장시키는 조력자로서의 경영자로는 남고 싶다.

이제껏 살아오면서 얻은 지혜가 있다. 현재 내가 속한 모든 것에 최선을 다하고 주위의 가까운 분들을 배려하면서 내일을 지금보다 더 아름답게 만들기 위해서 도전하는 시간이 가장 큰 행복이라는 것이다.

강한 기업이란 끊임없이 도전하고 넘어지고 생채기가 나면서 점진적으로 만들어지는 것이다. 오늘도 이 땅에서 도전 정신으로 열정을 가지고 기업을 경영하는 최고경영자들과 그 기업을 더욱 건강하게 만들기 위해서 땀을 쏟는 임직원들에게 경영자의 한 사람으로서 존경의 마음을 담아서 경의를 표한다.

• 남설악 흘림골의 여심폭포

# 사랑을 실천할 수 있어
# 행복했던 삶을 되돌아 보며

'죽는 날까지 하늘을 우러러 한 점 부끄럼 없기를 잎새에 이는 바람에도 나는 괴로워했다. 별을 노래하는 마음으로 모든 죽어가는 것을 사랑해야지. 그리고 나한테 주어진 길을 걸어가야겠다.'

대학 선배님이신 윤동주의 '서시'의 구절이다.

도대체 어떻게 살았기에 잎새에 이는 바람에도 괴로워 할 만큼 순수하게 살아갈 수 있었을까?

그런 의미에서 윤동주 시인은 내가 넘보지 못할 만큼 투명한 영혼을 가져서 부러우면서도 닮고 싶은 분이다.

종교를 가진 적이 없었던 나는 세상을 살아가면서 성경 속의 '선한 사마리아인'이나 반야심경의 '색즉시공 공즉시색'의 의미를 깨달으면서 살아가려고 노력했다.

•마음이 정갈하면 도처에 연꽃이 피고 흐르는 물은 썩지않고 행동하는 이는 늙지 않는다. 회사 여직원 부친이 준 선물이다

그렇지만 돌이켜보면 선한 삶을 산 것은 내가 살아가는 동안 가뭄에 콩 나듯 어쩌다가 한 번씩 일어나는 일이었고, 나머지는 이것도 저것도 아닌 평범한 시간이 대부분인 하루하루를 보냈으며, 결코 선하다고 볼 수 없는 생각과 행동도 했었다.

여기서 고백하건대…

어릴 적 부모님 말씀을 지지리도 안 듣고 공부는 뒷전이고 어머니 호주머니에서 돈을 허락도 없이 빌려서는 라디오, 무전기를 만드느라 뒷골목 고물상이란 고물상은 모두 섭렵하고 다녔었다.(허락받지 않고 빌린 돈은 훗날 기업경영하면서 벌었던 돈으로 이자까지 쳐서 다 갚았다. 속 썩인 마음까지는 다 못 갚았지만…)

가부장적 분위기의 가정에 태어나서 자라다보니 남성 우월주의가 남아있어서 아내나 형제들에게도 감정을 추스르지 못하고 큰소리를 치는 경우도 종종 있었고…

가까운 친인척에게 가슴에 못을 박는 생각과 행동을 했던 적도 있었다. 그 중에 한 가지로, 내가 대학에 합격하면서 한 살 터울의 누님이 가정형편이 어려워서 눈물을 흘리면서 대학을 중퇴하는 모습을 보면서도 그 정신적 고통을 조금이나마 헤아려주지는 못할망정 여자라면 당연히 그래야만 하는 것으로 알았다.

경영자로서 직장에서 역할을 충분히 못하는 직원에 대하여 가슴 아파하면서도 내보낼 수밖에 없었던 일은 셀 수 없이 많았다.

군 생활에서는 상급자와의 다툼으로 인하여 그때 그 시절의 기준으로 봤을 때는 하마터면 남한산성 형무소로 직행할 뻔한 일도 있었다.

가까운 친구들이 보내준 야동을 보면서 낄낄대기도 곧잘 하고…

아!

그리고 한 가지 더 고백 할게 있다.

사귀던 여자 친구와의 첫 키스 때 여자 친구의 부끄러움으로 인한 작은 거부의 몸짓을 무시하고 반강제로 키스했었는데 요즘의 기준으로는 딱 'Me too!'에 걸려서 성범죄자가 될 수도 있었다.

다행히 그 여인이 나를 고발하지 않았고, 지금은 흐르는 강물처럼 한 이불 덮고 살면서 같이 늙어가기에 범죄 요건 성립은 안되겠지만…

그처럼 선함과 선하지 못한 말과 행동이 뒤섞여 있는 모습이 바로

• 회사 30주년 근무 포상휴가로 방문한 미국 요새미테 레드우트 파크에서 포즈를 취한 아내

• 미국 요새미테 하프돔을 배경 삼아 아내와 함께

'나'라는 인간의 진면목이다.

돌이켜 생각해보면 삶이 나를 긍정적인 방향으로 보호해주었고, 몇 번이나 황천길로 갈 뻔 했었는데도 무사히 지켜줘서 지금의 내가 이 자리에 아직도 서 있는 것 같다.

그런 부족한 인간이 '사랑'이란 주제로 이 책을 쓴 배경을 굳이 말하자면 이렇다. 요즘 신문을 들추면 끔찍한 사건들이 너무나 많다. 이 글을 쓰는 동안 일어난 일만 해도 과천에서 발생한 토막 살인사건, 감정조절 장애로 부모님을 살해한 사건, 친구 딸에 대하여 성적충동을 억제하지 못해서 벌어진 끔찍한 일, 힘 있는 자가 상대적 약자에 대해 벌이는 인격적 모욕과 성추행, 미국에서 벌어지는 총기 난사사건, 거기다가 범죄피해자 지원센터 위원을 맡으면서 심사과정에서 서류로 대했던 끔찍한 사건 등등… 차라리 눈과 귀를 막고 싶을 때가 많았다.

거기다가 정치인들은 하루가 멀다 하고 머리통이 터지도록 싸우면서 '내로남불(내가 하면 로맨스 남이 하면 불륜)'이 어떤 모습인지 국민들에게 확실히 각인시키는 꼴도 보고…

생각해보면 32살에 위암수술까지 받았는데도 그 두 배의 나이가 되도록 아직 죽지 않고 건강하게 살아서 아내와 자식들에게 가장 역할도 무난히 한 것 같다. 돌이켜보니 29살에 창업해서 아직 망하지 않고 기술혁신 강소기업으로 키워내 일자리 창출에 조금은 기여를 했고, 협

사랑은 행동이다

• 케냐 타나리버 지역 우물 통수식

회장으로서 국가와 기업에 봉사도 했고, 멀리 아프리카 케냐의 타나리
버 지역과 인도네시아 수마트라의 시나붕 화산 폭발로 고통 받는 지구
촌 가족들에게 조그만 후원도 했다.

　신혼 초에 병마로 인한 빚더미에 죽음의 그림자가 연속되고 있었지
만 단언컨대 나와 아내는 단 한 번도 죽음을 생각해본 적이 없었다. 우
리 가족이 죽음에 이르는 병을 이겨낼 수만 있다면 그까짓 빚도, 다시
마련해야 할 집도, 적자가 나는 회사도 모두 해결되리라 믿었기 때문이
다. 작년 11월은 내가 위암수술 받기 전에 살았던 삶의 시간과 수술 받

에필로그

249

은 후에 살았던 시간의 길이가 역전되는 시점이었다.

　요즘에는 자조섞인 말로 우리나라를 자살공화국이라 부르곤 한다.
우리의 자살률이 OECD국가 중 1위가 된 지 오래인데 그 이유가 지나
친 압축 성장으로 상대적 빈곤감이 만연한 데 있다는 것이다.

　그런데 내가 보는 관점은 상대적 빈곤감도 원인의 하나겠지만 사회
의 지식층이나 지도자 나아가 연예인들의 잦은 자살이 불을 지핀 것이
라고 생각한다. 마치 괴테의 '젊은 베르테르의 슬픔'이 출간된 이후 유
럽 전역에 자살이 유행이 되었던 것처럼…

　그분들을 생각하니 오죽하면 자신의 생명을 버리면서까지 죄값을
치르려고 했겠는가 싶어서 마음이 아프다. 하지만 우리 가족이 세상에
서 버림받은 것 같은 재앙에서도 이겨내려고 발버둥쳤던 이유는 무조
건 살아서 하나하나 문제를 해결해 내고자 함이었다.

　설사 백보 천보 양보하더라도 나는 어떠한 경우에도 자살을 미화하
거나 영웅시하는 풍조는 있어서는 안 된다고 믿는다. 삶에 있어서 최고
의 선은 생명존중과 사랑일진데 실천의 첫걸음은 자신의 생명부터 지
키는 것이고 혹 잘못을 저질렀다면 살아가면서 조금씩이라도 갚아나
가는 것이다.

　결론적으로 나는 TV나 인터넷 그리고 신문에서 툭하면 끔찍한 자
살소식을 대하곤 하는 젊은 영혼들에게 '생명존중' 이야기를 들려주어

사랑은 행동이다

서 세상은 살만한 가치가 있음을 느끼게 하고 싶었다.

허구나 창작을 바탕으로 한 소설이 아니라 직접적인 체험을 바탕으로 한 생명존중의 이야기를 통해…

글을 조금 더 잘 써서 멋진 책을 잘 만들고 싶었는데 기업체 대표이사에 이노비즈 협회장과 ASEIC(중소기업 친환경 혁신센터)의 이사장까지 맡다보니 글 쓸 시간이 제대로 나지 않아서 억지로 틈을 내어 쓰다 보니 너무도 딱딱하고 보잘 것 없는 글이 되고 말았음을 이해 부탁드린다.

거기다가 미투(Me too)라는 사회적 분위기도 한 몫을 하여 옛날이라면 편하게 웃으며 넘길 수 있었던 가벼운 농담까지도 엄격한 잣대를 대서 삭제시키다보니 더욱 그렇게 되었다.

다시 한 번 더 말하건대 나는 대단한 사람도 아니고 그냥 평범하게 살아가는 보통 인간일 뿐이다.

이 나이에도 길에서 멋진 여인을 보면 나도 모르게 눈이 돌아가는 것뿐만 아니라 마음 속으로는 멋진 사랑도 상상해본다.

독심술을 가진 사람이 나의 상상하는 마음을 들여다보고 이를 만천하에 공개한다면 나는 즉시 아내에게 오른뺨을 맞으면서 왼뺨도 내놓아야 하는 사람이다(감사하게도 아내가 상상하는 정도까지는 이해해줘서 아직 뺨은 안 얻어맞고 살아가지만…).

20대 때부터 죽음의 그림자와 함께 했던 우리 부부에게 '행복'이란 밤늦은 시간에 함께 풀벌레 소리 들으며 잠자리에 드는 일이며, 오늘 하루 집앞 정원에 핀 예쁜 꽃을 보고 새 지저귀는 소리를 듣는 일이다. 아들과 며느리와 일상적인 대화를 나누거나 손녀의 재롱과 울음소리를 듣는 일 외에는 특별할 것 없이 보낸 평범한 하루에 감사해 하는 일이다. 주말이면 소중한 벗들과 함께 산과 암벽을 오르고 때로는 오지로 배낭여행을 떠나거나 그 과정에서 지구촌 이웃들에게 작은 봉사를 하며, 이 모든 것에 감사한 마음으로 느낄 때이다.

따분하고 보잘 것 없는 책을 끝까지 인내심을 가지고 읽어주신 독자들께 머리 숙여 감사드린다.

사랑은 행동이다

# 죽음과의
# 입맞춤

●

가족들의 투병기를 담은 이 글은 나의 전작 『도전』과 『열정』에 수록
된 바 있다. 3권 『사랑은 행동이다』를 읽으시는 독자에게 이해를 돕고
자 죽음의 그림자와 함께했던 결혼 4년차부터 6년차까지 우리 가족
의 이야기를 다시 담는다.

# 석현의 백혈병 투병기

_1984년 5월 26일

석현이가 며칠째 감기로 열이 많이 난다. 여의도 KBS 별관 옆 소아과 의원에서 치료를 받았으나 열이 잘 내리지 않는다. 벌써 일주일째 39도를 넘는 고열이 계속된다. 병원에서 준 약을 먹으면 잠시 내렸다가 다시 열이 올라간다. 눈은 고열로 하얀 흰자위가 출혈이 되어 새빨갛다. 밤 10시가 넘어서 석현이가 다니던 소아과 간호사에게서 전화가 왔다. 지금 즉시 고려병원 응급실에 가서 진찰을 받으란다.

밤늦게 집으로 전화를 하면서 응급실에 가서 진찰을 받으라고 하니까 아내가 불안해하며 어쩔 줄을 모른다. 석현이를 데리고 아내와 함께 고려병원 응급실로 갔다.

피검사를 받았다. 피검사를 하던 당직 의사가 석현이 팔다리에 있는 여러 개의 파란 반점을 유심히 쳐다보는게 마음에 걸린다.

"루케미아 같은데요."

당직 의사가 담당 과장에게 전화하는 것이 들렸다.

루케미아? 루케미아는 고등학교 때 보았던, 슬픈 감동을 가슴 시리도록 안겨 주었던 영화 〈러브스토리〉에 나온 단어가 아닌가? 그러면 백혈병인데…

그래도 그날은 내 마음이 그렇게 절박하게 느껴지지 않았나 보다. 실감도 나지 않았고, 설마 그럴 리가 있나, 혹은 별것 아니겠지, 하고 생각했으니까… 당직 의사가 담당 과장 선생님에게 전화하는 말을 듣고도 고려병원 응급실 밖의 TV에서 세계 헤비급 타이틀전 권투 중계를 보았고 집에 가서 자라고 하는 아내의 말을 듣고 아내와 석현이를 응급실에 두고 아파트에 와서 편히 잠을 잤다.

그러나 이날은 다시 생각하고 싶지 않은 우리 가족의 죽음과의 긴 투쟁의 시발점이 되는 날이었다.

### _1984년 5월 28일

"재생 불량성 빈혈이거나 백혈병으로 판단되는데 피검사 결과만 두

사랑은 행동이다

고 봤을 때, 일단 백혈병으로 진단되었습니다."

고려병원의 소아과 과장 선생님의 말이었다. 골수검사를 해야 정확한 병명을 알겠다는 의사의 말에 순간적으로 다리가 허공에 붕 떠오르는 듯한 착각을 느꼈다.

백혈병!

사실이구나. 이제 태어나서 두 살 반밖에 안 된 어린애가 백혈병이라니? 아내의 얼굴은 온통 눈물로 범벅이 되었고 정신이 혼미해진 나는 그냥 허둥거렸다. 척추에서 골수검사를 하는 도중에 석현이가 고통에 발버둥 쳤고 아내가 석현이를 달래면서 움직이지 않도록 몸을 잡아주는 순간, 석현이가 아내의 팔을 물어뜯었다. 살점이 뜯겨나간 아내의 팔에서 새빨간 핏줄기가 팔을 타고 흘러내렸다.

석현이는 검사 결과 급성 임파성 백혈병으로 판명되었다.

이제 석현이가 머지않아 우리 곁을 떠나는구나, 생각하니 세상이 빙글빙글 도는 것 같다.

만 세 살도 안 된 아기에게 죽음이라니…

도대체 우리가 무슨 죽을죄를 지었기에 백혈병이란 말인가

선홍색 핏자국이 하얀 눈자위에 맺혀 있는 석현이가 너무 애처롭다. 그리고 울어서 퉁퉁 부은 아내의 얼굴은 도저히 쳐다볼 수가 없다. 저녁부터 아내는 하혈을 시작했다. 임신 6개월인데 유산이 안 되었는지 걱정이다.

처가와 대구의 부모님 그리고 누나에게도 소식을 전했다. 연락받은 누나가 전화기를 붙잡고 우는 바람에 나도 감정이 북받쳐서 한참 동안 전화기를 부여잡고 누나와 같이 울었다.

### _1984년 5월 29일

아내를 산부인과에 보냈다. 유산이란다. 석현이 백혈병 진단에 충격을 받았을 뿐만 아니라 골수검사 시 석현이가 아내의 팔을 물어뜯은 것이 원인이 된 것 같았다.

아내가 마음의 각오를 새롭게 한다. "임신한 상태로는 석현이 투병생활을 도와주는 데 지장이 있을 거라고 생각했는데 잘됐다"는 거였다. 말은 그렇게 하지만 아내의 핏기 없는 창백한 얼굴은 곧 허물어져버릴 것만 같다. 이제 시작인데 고통의 끝은 어디쯤일까

저녁에 가족들의 의견을 종합하여 모교인 연세대 신촌 세브란스 병원 응급실로 석현이를 옮겼다.

### _1984년 5월 30일

석현이의 열은 점점 더 심해져서 계속 39~40도를 오르내린다. 세브란스 병원에서의 되풀이되는 검사로 석현이는 거의 탈진 상태이다. 다시 끔찍한 골수검사가 이어지고… 결과는 똑같이 급성 임파성 백혈병이다.

사랑은 행동이다

담당 의사는 세브란스 병원암센터 병원장 김병수 박사이다. 자그마한 체구이지만 신뢰가 가는 모습이다. 잘 치료하면 완치도 가능하다는 의사의 말에 며칠 만에 아내의 얼굴에 언뜻 미소가 지나간다. 희망의 한 줄기 빛이 조금은 비치는 것 같다. 당연히 죽을 거라고 생각했는데…

그래! 최선을 다해 보자.

아내와 손을 맞잡고 서로 격려의 말을 주고받았다.


## _1984년 6월 1일

치료가 시작되었다. 심하게 열이 나는 것으로 보아 패혈증이 의심된다며 항생제로 치료하여 먼저 열을 내려야 한다고 한다. 항암제와 대량의 항생제가 가녀린 석현의 혈관을 통해서 몸속에 무차별 투여된다.

"석현아! 잘 견뎌야 한다. 그래야 엄마랑 아빠랑 오래 살 수 있지." 석현이에게 눈물이 그렁그렁한 얼굴로 말하는 아내 때문에 또 눈물이 쏟아진다.

눈물은 바보같이 왜 이리도 끊임없이 나오나


## _1984년 6월 4일

병원에 있다 보면 날짜 개념이 없다. 하루하루 병세의 진전에 따라 살얼음판의 긴장이 더하거나 덜할 뿐이다. 석현이는 먹는 음식마다 그대로 토해내고 변기에 앉으면 시커먼 물 설사를 하면서 울어댄다.

석현이는 며칠 동안 검사를 받으면서 목청껏 울어서인지 노인같이 쉰 목소리로 껵껵거리며 간신히 울음소리를 낸다. 머리카락은 뭉텅뭉텅 빠져나간다.

'과연 살려낼 수 있을까?' 하는 회의가 엄습한다.

그래도 아내는 희망을 갖고 끊임없이 석현이 머리맡에서 여러 가지 이야기도 해주고 동화도 읽어 준다. 아내는 식사를 거의 못해서 안 그래도 갸름한 얼굴이 더 길어졌다.

### _1984년 6월 6일

매번 혈관 주사를 놓을 때마다 가슴이 아프다. 어린애라서 혈관을 잘 찾을 수가 없어서 간호사가 몇 번이나 혈관을 찾느라 주삿바늘을 찔렀다 뺐다 되풀이하니 얼마나 울어대는지…

오늘은 다섯 번이나 그렇게 하다가 잘 안 되니까 레지던트 의사가 와서 두 번 만에 간신히 주사를 놓았다.

피가 지혈이 안 되어 찌른 곳마다 파란 반점이 자꾸 늘어간다. 피부가 약해서 링거 주사 놓은 곳은 하루에서 이틀 정도면 위치를 다른 곳으로 옮겨야 한다. 거기다가 반창고 알레르기가 있어서 오늘은 종로에 있는 약국을 들러서 종이 반창고를 구해 왔다. 의료보험에서 종이 반창고는 처방이 안 되는 모양이다.

사랑은 행동이다

## _1984년 6월 8일

이제 석현이 팔다리에서는 더 이상 혈관을 찾을 수가 없다. 팔과 다리는 온통주삿바늘 자국으로 시커멓게 멍이 들어 있다. 오늘은 이마에서 혈관을 찾아서 놓으려고 간호사가 한참 동안 씨름을 한다.

칭얼대는 석현이는 그동안의 골수검사와 계속되는 주사에 얼마나 울었던지 목이 완전히 잠겨서 제대로 울지도 못한다. 그냥 표정과 입모양으로만 울고 있음을 알 수 있고 우는 소리는 거의 안 난다.

간호사도 정말 쉬운 일이 아닌 것 같다. 보호자가 지켜보는 데서 몇 번이나 주사를 놓았다 뺐다 되풀이하면서 진땀을 흘린다.

석현의 체중은 하루하루 눈에 띄게 줄어들어 간다.

회사일 때문에 석현이와 함께하는 시간이 너무 없어서 죄스러움이 늘 함께한다. 그래도 치료비는 벌어야 하니까 어쩔 수가 없다.


## _1984년 6월 9일

석현이와 내가 혈액형이 같아서 보름 사이에 내 피로 전혈 수혈과 훼르시스를 한 번씩 했다. 그리고 연세대에 가서 박민용 교수님께 도움을 요청하여 대학원 다니는 후배와 동생과 동생 친구 그리고 후배 순환이가 돌아가면서 훼르시스를 했다.

훼르시스는 남들에게 부탁하기가 매우 어렵다. 양쪽 팔에 각각 주삿바늘을 꽂고 오른쪽 팔에서는 계속 피를 빼내서 원심분리기에 집어 넣어 필요한 성분을 빼내고 남은 피는 왼쪽 팔에 넣어주는데, 2시간 이상 걸리는데다가 미리 피검사하고 결과가 나올 때까지 기다려야 하므로 검사부터 채혈까지 하루 종일 걸린다.

거기다가 자신의 몸속 피가 가늘고 투명한 튜브로 거의 다 빠져나와서 원심분리기에서 돌아가는 것과 다시 몸속으로 들어가는 모습을 두세 시간 동안 쳐다보는 것도 소름 끼치는 일이다. 그래도 모교가 가까이 있어서 전자공학과 후배들에게 부탁할 수 있었으니 그것만 해도 다행이다.

### _1984년 6월 17일

열이 내리기 시작한다. 아내의 표정이 밝아진다. 이젠 설사를 거의 안 하는 것만 봐도 많이 좋아진 것 같다.

그래. 그렇게 해서 낫기만 해라.

오후에는 퇴원하면 석현이를 당분간 집에서 격리시켜 치료해야 하므로 심심할 때 탈 수 있는 장난감 자동차를 영등포에 가서 샀다. 이 자동차는 석현이가 페달을 밟을 때 금속 부분이 다리에 부딪히면서 피멍이 여기저기 드는 바람에 거의 사용하지 못했다.

### _1984년 6월 19일

열이 내리기 시작하니 모든 것이 급속도로 호전된다. 의사가 3~4일

사랑은 행동이다

내로 퇴원할 수 있겠단다. 퇴원하면 본격적인 항암제 치료에 들어간다고 한다.

"여자는 약하다. 그러나 어머니는 강하다"고 했는데 이번 석현이의 투병 과정에서 지켜본 아내는 정말 강한 모습을 보여주었다. 병원에 입원해 있을 동안 잠시도 쉬지 않고 이야기를 해주거나 팔다리를 주물러 주었고 밤새도록 주삿바늘이 꼬이지 않았는지 치료약은 잘 들어가는지 체크를 하곤 했는데, 잠을 잘 못 잤을 텐데도 판단을 정확하게 했다.

그런데도 나는 눕기만 하면 피곤에 지쳐 곯아떨어졌으니…

## _1984년 6월 23일

퇴원 결정이 내려졌다.

머리카락이 거의 대부분 빠져 버린 석현이 머리통이 동자승 같아서 오랜만에 아내와 같이 웃었다. 집에 오는 길에 한 달 사이에 계절이 많이 바뀌었음을 느꼈다.

모두들 웃었고 또 희망을 가졌다. 이것으로 병원에 입원하는 것은 끝이기를 기도했다.

하지만 불과 한 달 보름 후에 더 끔찍한 시간이 기다리고 있다는 것을 그때는 알지 못했다.

## _1984년 7월 5일

매주 수요일 병원에 가서 피검사를 하고 항암제 주사를 맞고, 먹는 항암제도 일주일 분을 받아온다.

항암제 투여 후에는 석현이의 얼마 남지 않은 머리가 다 빠져버렸다. 거기다가 항암제 부작용으로 잘 먹지를 못하고 자주 토하는데도 얼굴은 부어서 탱글탱글하다.

얼굴 모습이 꼭 풍선에 바람을 집어넣은 것 같은 게 얼마나 탱탱한지 바늘로 찌르면 바람이 푹 빠져서 쭈글쭈글해질 것만 같다. 식욕이 떨어져서 밥 한 그릇 먹는 데 평균 두 시간 이상 걸리니까 아내는 거의 하루 종일 석현이 먹이는데 시간을 다 보낸다.

아내와 상의 끝에 다시 아기를 갖기로 결정했다.

항암제 치료가 실패하면 골수이식밖에 대안이 없는데 지금으로서는 거부 반응이 없는 골수를 구하기가 거의 불가능하다. 그렇지만 형제인 경우에는 두 명에 한 명 꼴로 골수가 맞는다고 해서 그렇게 결정했다.

만일 그런 경우가 발생하여 석현이가 동생의 골수이식으로 살아난다면 태어날 우리 아기도 훗날 충분히 부모와 형의 심정을 이해해 줄 것이라 믿으면서…

사랑은 행동이다

_1984년 7월 10일

오랜만에 석현이와 아내 이렇게 셋이서 외출을 했다. 석현이가 빡빡 머리라서 모자를 쓰게 했더니만 계집애 같아서 한참이나 웃었다.

석현이가 걸어 다니고 말하고 웃고 밥 먹는 것과 같은 모든 평범한 것들이 우리에게 즐거움을 준다.

크리스천 학교를 다니다 보니 성경에서 접했던 '범사에 감사하라'란 말이 가슴에 와 닿는다.


_1984년 7월 12일

석현이가 피검사를 하는 과정에도 이제는 어느 정도 적응이 되었나 보다. 겁이 잔뜩 나 있는 표정인데도 매주 검사를 하니까 자신이 처한 처지를 본능적으로 대충 이해하는 모양이다.

그런데도 피검사용 작은 칼로 손가락 끝을 찌를 때는 몸을 바들바들 떤다. 세 살도 안 된 어린애가 왜 이런 고통에 적응이 되어야 하는지, 가슴이 아려온다. 그래도 어느새 아내와 나도 지난번 입원 시의 고생 때문에 이 정도는 충분히 감당할 수 있는 수준으로 느껴졌다.

그런데 오늘부터는 석현이에게 새로운 고통이 추가되었다. 척추뼈와 뼈 사이의 골수가 생성되는 부위에 척추 항암제 주사를 맞아야 하는 치료를 몇 주 동안 해야 한다고 한다.

백혈병이란 〈러브 스토리〉에 나오는 이야기처럼 슬픔 속에 아름다움을 간직한 모습을 하고 있는 게 아니다. 온 가족의 진을 빼내는 과정을 몇 번이나 되풀이하게 한다.

암센터에 가면, 비슷한 시점에 치료받던 애들이 매주 진찰을 받고 치료를 받거나 항암제를 타러 오는데, 석현이를 데리고 병원에 갔을 때 안 보여서 수간호사에게 물어보면 죽었거나 재발하여 입원했다는 소식을 듣는 일이 다반사이다. 꼭 〈13일의 금요일〉과 같은 공포영화 속에서 빠져나오지 못하고 헤매고 다니는 것 같은 느낌이다.

척추에 주사 놓을 동안 석현이 몸을 옆으로 눕히고 머리와 다리를 서로 붙여서 온몸을 공처럼 동그랗게 만들어 등뼈의 뼈와 뼈 사이가 잘 드러나게 해놓고 움직이지 못하도록 한 다음 거기에 항암제 주사를 놓는다. 석현이는 아파서 어쩔 줄을 모른다.

지난주에 나이가 40대로 보이는 환자가 이 주사를 맞는걸 보았는데 얼마나 아픈지 황소 우는 소리를 내면서 고통스러워하는 것을 보았었다. 불과 한 달 반 사이에 석현이와 우리 가족의 삶이 잿빛으로 완전히 바뀌어 버렸다.

### _1984년 8월 5일

골수 항암제의 주사가 오늘로 끝났다. 이제부터 혈관 항암제 치료를 계속하면서 방사선 치료도 병행해서 시작되었다. 백혈병 병원체가 뇌에 침범하는 것을 방지하고 이미 뇌에 침범한 병원체가 있으면 사멸시키기 위한 목적이라는데 치료 기간 동안 부작용으로 상당히 힘들어할 거라고 한다.

석현이에게 수면제를 먹여서 잠을 재운 후 방사선 치료실에 눕힌다. 아내는 임신을 했을지도 몰라서 방사선 치료실에는 들어가지 않고 매번 내가 잠든 석현이를 안고 들어갔다.

얼굴에 방사선 조사할 부분을 시커멓게 줄을 그어 표시해 치료하고 방사선 조사실에서 나온 후에도 지우지 말라고 하기에 그대로 뒀더니 빡빡머리와 얼굴의 까만 줄은 어릴 때 봤던 미국 서부 영화 속에 나온 인디언을 꼭 닮았다.


### _1984년 8월 8일

방사선 치료를 하기 위해 수면제에 취해 잠든 석현이를 데리고 방사선 조사실에 들어갈 때마다 에어컨이 너무 강해서 실내가 반 냉동실 수준이다. 잠든 애를 병원시트로 몸을 둘둘 감아주고 나오지만 추위도 너무 춥다.

병원 측에 한두 번 이야기해 보았지만 중앙 집중식인 데다가 구조가 잘못되어서 어쩔 수가 없단다. 방사선실 밖의 환자 대기실은 에어컨이 적당해서 온도는 섭씨 25~27도 수준인데 하필이면 왜 방사선실만 그렇게 기온이 낮은지 모르겠다. 한여름에 어린 백혈병 환자를 수면 치료하는 치료실의 실내 온도가 18~20도 전후인 것 같다.

며칠 후 방사선실 실내 온도 문제로 석현이가 죽음의 문턱에 다다르게 될 줄은 그때까진 생각도 못했다.

_1984년 8월 10일

방사선 치료를 받고 나오는 석현이가 기침을 한다. 감기에 걸린 모양이다.

나쁜 자식들! 어린 환자를 그렇게 추운 방에 잠든 상태로 한 시간씩이나 두는데 감기에 안 걸릴 수가 있나? 성질이 나서 내가 투덜거렸다.

방사선 치료를 하면 저항력이 많이 떨어진다는데… 감기 때문에 약간의 미열이 나기 시작해 아내와 나를 불안케 한다. 별 탈이 없어야 할텐데…

_1984년 8월 12일

열이 점점 더 심해지는 것 같아서 급히 병원에 입원시켰다. 의사 말로는 병원에 빨리 왔으니까 며칠만 입원해서 치료하면 큰 문제 없을 거라고 한다. 그러면서 앞으로도 열이 나면 바로 병원에 입원시키라는 말을 덧붙인다.

_1984년 8월 14일

인천 대우중공업 공장에 들어가서 납품한 자동제어시스템의 시운전

사랑은 행동이다

을 하고 있는데 저녁때쯤 아내에게서 전화가 왔다. 석현이가 열도 심하게 나고 호흡도 가쁜 게 이상하다고 했다. 낮에 병원에 가봤을 때만 해도 크게 몰랐는데 저녁부터는 상태가 많이 나빠진 것 같았다.

자정이 되어서 병원에 들어섰더니 숨 쉬는 소리가 심상치 않은 느낌이라서 당직 의사에게 도움을 요청했다.

## _1984년 8월 15일

휴무일이라서 당직 레지던트만 있는데 석현이 상태는 급작스레 나빠지더니만 오후에는 산소발생기로 산소를 공급해야 하는 상태로까지 나빠졌다.

한 시간 간격으로 병실에서 엑스레이 사진을 찍어보는데 폐렴이 급속도로 폐 전체로 번져나가는 모습을 당직 의사가 보여 주면서 상태가 심각해 오늘밤을 못 넘기겠다고 말한다.

아니 이게 무슨 말인가? 저항력이 떨어져서 감기만 걸려도 위험한 환자를 냉동실에 넣고 치료하더니만 이제 얼마 안 있으면 죽는다니…

김병수 박사님을 뵙고 싶다고 했더니 오늘은 휴무일이라서 안 나오신단다.

"여보시오. 특진을 신청한 환자가 죽어 가는데 특진 의사는 얼굴도 안 보이는 경우가 어디 있습니까?"

집 전화번호를 가르쳐달랬더니 모른단다. 세상에! 내가 보기엔 이런 것도 살인 행위의 한 부분이란 생각이 들었다. 병원에서 환자가 죽어 가는데 담당 의사 전화번호를 안 가르쳐 준다고 하니…

지푸라기라도 부여잡는 느낌으로 암센터에 전화했더니 마침 매주 석현이를 데리고 치료 갈 때마다 친절하게 대해 주시던 윤 수간호원님이 김 박사님 댁 전화번호를 가르쳐 준다. 전화했더니 외국 손님이 오셔서 나가시고 부재중이란다.

절망적이다. 이제 우리 석현이는 죽는구나 생각하니 기가 막힌다. 아내도 병원의 처사에 분노해서 어쩔 줄을 모른다.

저녁 6시가 넘으니 석현이의 호흡 횟수가 분당 80회를 넘나들고 손발은 파랗게 변해 간다. 그러다가 잠시 숨이 뚝뚝 끊어지는 게 옆에서 봐도 죽어가고 있었다. 숨이 끊어지면 거의 10여 초 정도 전혀 호흡을 안 한다.

숨이 끊어졌다가 다시 호흡을 시작하면 부족한 산소를 들이키느라고 엄청나게 빠른 속도로 호흡을 한다. 목 아래의 오목한 부분이 가쁘게 호흡을 하느라 세모 모양의 골이 생긴다. 그간 살리기 위해서 얼마나 고생했는데, 이렇게 허무하게 죽나

아내와 나는 절대자에게 석현이를 살려달라고 빌고 또 빌었다. 눈물이 끊임없이 나왔다.

밤 9시가 지나자 2인실 방에 같이 있던 환자를 다른 방으로 옮기는 게 병원에서 환자의 죽음에 대비하는 모습이다. 그냥 죽어가는 걸 지

사랑은 행동이다

켜보는 것밖에는 아무런 대안이 없었다. 부모가 자식이 죽어 가는데 이렇게 무능한가 싶었다.

바로 그때 기적은 엉뚱한 데서 일어났다. 밤 10시가 넘어서는데 김병수 박사님이 병실 문을 열고 들어온 것이었다. 외국 손님과 조금 전에 미팅을 끝내고 집에 전화를 했더니 병원에서 담당 환자가 죽어 간다는 전화가 왔다는 이야기를 듣고 급히 택시를 타고 왔다는 것이었다.

석현이를 잠시 진찰하더니 심각한 상황이라면서 한참 생각하시더니 당직 의사에게 암센터병원장실 냉장고에 인터페론 샘플이 있는데 가져와서 즉시 투여하라고 하신다.

기적은 그렇게 시작되었다.

인터페론 투여 후 1시간여 지났을까? 석현이의 호흡이 점점 부드러워지고 잠깐씩 숨을 멈추는 것도 점차 줄어들기 시작했다. 이날 밤은 나와 아내의 생애에 가장 길고도 긴 밤이었다.

며칠 밤을 뜬눈으로 지새운 아내는 석현이 호흡이 약간 고르게 되자 나에게 석현이 간호를 맡기고는 지쳐서 얕은 잠에 빠져들었다가 무슨 소리만 살짝 나도 벌떡 일어나기를 반복한다. 내가 밤을 꼬박 새우면서 매분 단위로 호흡 횟수를 체크했다. 그래도 호흡수가 60회 정도로 낮아지고 있었기에 피곤한 줄도 몰랐다.

석현이가 살아나고 있었으니까…

## _1984년 8월 16일

아침부터는 상황이 다시 좋지 않은 방향으로 나아갔다. 인터페론약 기운이 떨어지면서 호흡이 급격히 빨라지고 다시 심한 열이 나기 시작했다. 아침 회진 시 김 박사는 세브란스 병원에 더 이상 인터페론이 없다면서 인터페론을 환자 가족에게 구해 오라고 하였다.

시중에도 인터페론이 없었다. 아직 그때만 해도 텔레비전에서 간혹 기적의 약으로 소개는 되었지만 국내에서는 처방이 거의 되지 않고 있었다.

동신제약에 근무하는 동서에게 부탁하여 사방으로 수소문한 결과 오후에 녹십자연구소에 실험용으로 15일분 정도 있다는 정보를 입수하여 사정 이야기를 하고 전체 분량을 가져왔다. 그렇게 다시 죽음과 투쟁할 수 있는 소중한 무기를 얻었다.

저녁에 중환자실로 병실을 바꾸었다.

석현이 외할아버지와 대구에서 올라오신 할아버지께서 중환자실 앞에서 "애기가 죽으면 화장을 해야 하니까 준비하라"고 하시는데 기가 막힌다. 2~3일 전만 해도 잘 놀던 애를 병원에 데려와서 화장하는 이야기를 하고 있다니…

당직 의사의견으로도 생존 확률이 10% 전후라고 한다. 아내와 나는 확률이 없는 게 아니라 10%의 확률이라도 있다는 말에 희망을 가지기로 했다.

사랑은 행동이다

중환자실 앞에 은박매트를 깔고 아내와 같이 혹시라도 연락이 올까 봐 인터폰을 예의 주시하며 밤을 새웠다. 밤이 새도록 죽음의 그림자가 석현이 주변에서 계속 일렁거림을 느꼈다. 너무도 시간이 안 가서 일부러 누워서 잠을 청했다.

이 밤이 지나가면 그 다음엔 뭔가 좋아질 것만 같아서 어서 빨리 밤이 지나가길 기원하는 의미에서 자꾸 잠을 자보려고 노력했다. 그러나 잠이 들고 난 후 한참을 잔 것 같아도 깨보면 시간은 불과 10~20분지나 있기가 고작이다. 잠을 잘 수 없던 아내는 일어나서 밤새 은박매트 위에서 두 손 모아 절대자의 도움을 구하고 있었다.

하룻밤이 이렇게 길 줄이야.

아내는 잠을 못 자고 밤을 새운 날이 벌써 여러 날 되풀이되어서 옆에서 봐도 건강이 극도로 나빠지고 있음을 느끼겠다. 이러다간 온 가족이 모두 다 아파 드러눕는 사태가 벌어지지 않을까 걱정이 된다.

### _1984년 8월 18일

아침 회진 시에 의사는 현재 상황이 더 이상 나빠지지도 좋아지지도 않는다고 한다. 그래도 우린 나빠지지 않는다는 데 희망을 걸었다. 항상 석현이에 대하여 좋은 쪽으로만 생각하는 버릇이 생겼다. 면회시간에 중환자실에 들어가 보니 인공호흡기를 뒤집어쓰고 죽은 듯 조용히 누워 있다.

아내가 동화를 들려주기 위해서 사둔 녹음기에도 여기저기 피가 묻어 있었다. 혈관을 머리와 팔다리에서 더 이상 찾을 수 없어서 다리 종아리 부분을 수술해 동맥을 끄집어내 수도꼭지 같은 소형밸브를 달아 놓았는데 수술하는 도중에 흘린 피로 보였다. 수술하여 빼낸 튜브로 주사약도 투입하고 영양제도 투입하고 피검사할 때 피를 빼내는 창구로도 쓰는 모양이다. 팔다리는 부딪혀서 상처가 나지 말라고 하얀 시트로 침대 모서리에 단단히 묶어 놓았다.

이제 그런 것도 예사로 보인다. 살아날 수만 있으면 나머지는 아무려면 어떠냐 싶다.

아내가 "석현아!" 하고 이름을 아주 조용히 불러보니 가볍게 꿈틀하는 게 엄마 목소리에 반응을 한다. 또 아내의 커다란 눈에 눈물이 고인다.

오후에 중환자실 간호사가 나와서 엄마가 직접 중환자실에 들어와서 동화를 좀 읽어 주라고 한다. 애기가 엄마 목소리를 들으면 삶에 대한 희망을 더 가질 수 있을 거란다. 아내가 중환자실에 들어가서 서너 시간 동안 동화책을 읽어 주었다.

## _1984년 8월 19일

석현이 다리가 퉁퉁 부었다. 혈관 수술한 부분이 감염된 모양이다. 문제가 여기저기 계속 발생한다. 목에도 인공호흡기 때문에 염증이 생

사랑은 행동이다

겨서 부어 있다고 한다.

기적은 일어나지 않을 것인가

오후에 다리에 설치한 혈관 밸브를 제거하고 머리카락을 깎고 정수리 부분에 새로 혈관 주사용 튜브를 달았다. 사람이 아니라 완전히 실험실 모르모트이다.

내가 다시 훼르시스 채혈대에 올라갔다. 채혈하시는 분이 걱정을 한다. 두 달 사이에 피를 세 번씩이나 빼면 안 된다고 하면서… 그렇지만 훼르시스는 다른 사람에게 부탁하기가 정말 어렵다.

채혈 담당자는 나의 건강 문제로 한참 동안이나 암센터에 전화를 하고 난 후 한숨을 쉬더니 채혈대에 올라가라고 한다. 2시간여 동안 채혈할 동안에도 피곤함이 쉴 새 없이 밀려와서 잠깐씩 선잠이 들 때마다 꿈속에서 출구 없는 미로를 끊임없이 헤매고 다니는 나와 아내를 발견했다. 온 세상이 잿빛도 아니라 칠흑 같은 어둠 속에 잠겨 있었다. 그러다가 다시 잠이 깼다.

일주일치료비가 270만 원이 나왔다. 대기업의 대졸 초임이 25만 원 수준이니까 일주일에 대졸 초임의 1년분 정도의 치료비가 들어간다.

_1984년 8월 20일

석현이의 혈관에 계속 문제가 생겨서 온몸 여기저기 계속 주삿바늘을 찌르는 모양이다. 며칠 사이에 팔다리 곳곳에 혈관을 찾다가 실패

했는지 시퍼렇게 멍이 든 자국이 늘어간다. 인터페론은 석현이 다리와 고추 사이에 쏙 들어간 부분에 있는 대동맥에 수직으로 직접 주사하다 보니 지혈을 제대로 시킬 수가 없어서 다리와 고추 사이는 완전히 시커멓게 변했다.

인공호흡기로 아직 숨을 쉬고 있다는 게 신기할 따름이다. 이게 과연 자식을 위해서 올바른 일을 하고 있는 것일까 하는 회의감마저 생긴다.

_1984년 8월 23일

의사가 호흡기를 제거하고 추이를 지켜보겠단다. 인공호흡기 때문에 기관지에 염증이 심해져서 계속 호흡기를 달아둘 수가 없다고 한다. 한 번 빼보고 상황이 나빠지면 다른 조치를 취하자고 한다.

아내의 표정이 긴장을 하면서 나빠진다. 일주일 동안 매일 동화책 읽어 주느라고 중환자실에서 살다시피 했는데…

그저 잘되기를 빌 뿐이다.

_1984년 8월 24일

석현이가 다시 우리 곁으로 오고 있었다. 호흡기 제거 후 상황이 호전되었다. 정상적으로 호흡도 하고 잠깐씩 눈을 뜬다. 면회시간에 가서 보니 조금씩 꿈틀거리며 움직이는 게 살아날 것 같은 생각이 든다.

사랑은 행동이다

_1984년 8월 25일

상태가 호전되기 시작하니 어린애라서 그런지 하루하루가 다르게 좋아진다. 의사가 내일쯤 입원실로 옮기자고 한다.


_1984년 8월 26일

중환자실에서 입원실로 가는 기분이 이렇게 가벼울 줄 몰랐었다. 석현이는 19킬로그램 나가던 체중이 13킬로그램 미만으로 줄어 있었고 중환자실을 나올 적에는 고개도 잘 가누질 못한다. 그래도 우린 개선 장군마냥 웃으며 입원실로 왔다.

이제 한숨이 놓인다.


_1984년 8월 29일

퇴원이다. 또 한 번의 죽음과의 전쟁이 끝났다. 죽음은 석현이의 몸에 엄청난 생채기를 내고 저만치 멀리 가 있었다.

이제 병원이 우리의 생활 속에 깊숙하게 들어와 있었다.


_1984년 12월 10일

며칠째 석현이가 배가 아프다고 칭얼댄다. 병원에 가서 혈액 검사를 했더니 백혈구 수치가 많이 떨어졌다고 한다.

응급실로 또 입원이다. 석 달 만이다.

도대체 하늘은 우리에게 얼마나 더 많은 고통을 요구하나.

저녁에 병원엘 가봤더니 배가 아프다고 칭얼대는 석현이를 아내가 계속 업어 주고 있었다. 내가 대신 석현이를 받아서 병실 복도를 한참 동안 업고 다녔더니 허리가 끊어질 정도로 아프다.

아내가 임신한 지 몇 달 되었는데 걱정이다.

### _1984년 12월 12일

김병수 박사가 환자의 현재 상태로 봤을 때, 백혈병이 재발한 것 같은 느낌이든다고 한다. 자세한 것은 골수검사 결과가 나와 봐야 알 수 있단다.

또 골수검사를 할 모양이다. 골수검사를 하는 방법은 옛날에 어머니께서 하시던 뜨개질바늘 굵기의 주삿바늘을 척추 마디 사이에 집어넣어 골수를 빼내는데, 옆에서 보기에도 끔찍하다.

치료될 수도 없는 병에 계속 돈만 들이고 석현이는 석현이대로 고생만 시키는 것 같아서 모든 게 답답하다. 아파트도 팔고 사무실의 보증금도 싼 곳으로 옮기고 하면 서울 외곽지에 전세를 간신히 얻을 돈이 될까 말까 한데 치료비는 끝없이 들어간다.

재발이면 단칸 셋방으로 가게 되겠지. 그리고 또 그러다가 그것도 없어지고 석현이도 없어지고… 아무런 희망도 보이지 않는 채로 시간만 자꾸 간다. 그동안 자신감을 갖고 백혈병과 투쟁하던 아내의 표정에 지친 모습이 역력하다.

석현이에게 계속하여 진통제를 투여하고 있는데도 약효만 떨어지면 통증이 계속되는 모양이다. 아내가 며칠째 병원 복도를 온종일 업고 다녀서 저녁쯤에는 허리가 끊어질 듯 아프단다.

저녁에 회사 일을 마치고 병원에 들렀을 때 석현이의 칭얼거림에 아내가 짜증을 내는 게 인내의 한계까지 도달한 것 같다. 저녁에는 내가 계속 업고 다녔다. 석현이는 많이 아픈지 침대에 잠시만 내려놓아도 아프다고 울고 난리가 난다.

주사 맞는 것을 그렇게 무서워하던 녀석이 간호사만 보면 "주사! 주사!" 하면서 진통제 주사를 놓아 달라고 우는 게 너무 안타깝다. 석현이도 주사를 맞으면 덜 아픈 것을 아는 모양이다.

### _1984년 12월 14일

다시 골수검사를 했다. 아내와 나는 아예 검사실을 나와 버렸다. 잘못하다가는 뱃속의 아기까지 또 유산할 것 같은 불안감 때문이다. 골수검사 하는 것을 안 보고 벽에 기대어 눈을 감고 있어도 지난번 골수검사 하던 장면이 눈에 선하게 떠오른다.

검사가 끝난 석현이는 검사 도중에 얼마나 울었는지 눈이 퉁퉁 부어 있었는데 우는 석현이를 업고 흐느적거리며 병실로 돌아왔다. 그리고는 몇 시간 동안은 골수가 밖으로 흘러나오지 않도록 하기 위해서 척추에 패드를 대고 누르고 있었다. 몇 번째 되풀이하는 일이지만 이번에는 정말 진이 빠진다.

아기가 우는 것을 보고도 눈물이 나지 않는다. 이젠 눈물도 말라 버렸나 보다.

### _1984년 12월 19일
언제까지 이런 일이 반복될까

살고 있던 아파트를 팔려고 부동산에 연락했다. 계속 늘어가는 빚을 도저히 감당해 낼 수가 없다. 최근엔 회사도 계속 적자가 나니 더욱 감당하기가 쉽지 않다. 주인이 없는 회사가 잘될 수가 없겠지.

석현이도, 아파트도, 우리의 행복도 머지않아 다 떠나갈 모양이다. 오늘은 인천 대우중공업 현장에서 시운전 작업 중 석현이 치료비로 가지고 다니던 돈 80만 원을 분실했다. 벌써 두 번째로 치료비를 분실했다.

나도 이제 완전히 넋이 나간 모양이다.

### _1984년 12월 21일
"연속적으로 투입되는 항암제 치료로 인한 부작용으로 판단됩니다. 골수에는 아무 이상이 없습니다. 곧 괜찮아질 것으로 생각됩니다."

아침 회진 시 의사의 말이다. 천사의 말이 따로 없었다. 아무 말 없이 아내와 손을 굳게 잡았다. 재발이 아니라고 판명이 난 것이다. 어제부터 석현이가 통증 호소를 훨씬 적게 하는 것도 희망적이다.

아내가 절대자에게 감사의 기도를 오랫동안, 아주 오랫동안 드렸다.

### _1984년 12월 24일

크리스마스 이브의 선물!

퇴원 결정이 내려졌다. 백혈병은 또 한 번 우리 가족을 괴롭히고는
다시 일상적인 치료 과정으로 되돌아갔다.

### _1985년 1월 10일

아파트를 팔았다. 급히 파느라고 구입했던 가격보다 훨씬 싼값으로
팔았다.

빚을 제하고 남은 돈을 계산해 보니 시흥에 있는 럭키아파트 전세는
얻을 수 있을 것 같다. 아내는 불과 1년 6개월 전에 우리가 소유했고
살았던 아파트 단지에 다시 전세로 사는 것이 내키지 않은 모양이다.
나도 같은 생각이었으나 남은 돈으로 회사와 병원이 그 정도 가까운
거리가 되는 아파트를 구하기 쉽지 않아서 아내를 설득해 그냥 그곳으
로 정했다.

다시 시작하는 마음으로…

_1985년 2월 25일

시흥에 있는 럭키아파트로 이사를 했다. 모든 것이 평상적인 상태로 돌아가고 있었다.

● P.S. 이것으로 석현이의 백혈병 치료 도중의 중요한 고비는 끝이 났다. 그 이후에는 일주일에 한 번씩 피검사하고 항암제 투여하는 과정이 3년간 더 지속되었다. 병원에 갈 때마다 환자들과 환자 가족들이 모여서 매주 만나던 환자 중에서 얼마 전에 죽어간 애 이야기와 어느 애가 최근에 재발하여 입원했다는 잿빛 이야기를 나누어야 했던, 다시는 기억하고 싶지 않은 살얼음판 위에서의 시간이었다. 지금도 그 장소에는 또 다른 어린 환자와 그 가족들이 함께 부대끼며 똑같은 과정으로 치료를 받고 있겠지. 밝은 세상이 있음을, 그리고 계절이 바뀜을 의식하지 못한 채…

그런 어려움을 다 이겨내고 석현이는 2006년 사회복지학과를 졸업했고 지금 뉴질랜드에서 직장에 다니면서 홀로서기를 배우고 있다. 비록 치료의 후유증으로 명문 대학을 나오지는 못했으나 나는 석현이와 아내가 죽음과 부대끼며 열심히 살았던 시간에 대하여 영혼에서 우러나오는 박수를 보낸다.

이 기회에 우리 가족의 생명을 살려내기 위하여 많은 도움을 아낌없이 주었던 세브란스 병원 암센터 원장님, 암센터 의료진과 윤 수간호원, 외과 수술팀과 내시경실의 의료진, 수혈을 위해 자신의 소중한 피와 시간을 할애해 준 산악회 후배, 연세대 전자과 78학번 후배, 동생들과 서울대 의대 다니던 동생 친구, 내가 입원해 있을 동안 제현이 보느라고 고생했던 제현이 고모 내외, 인터페론을 구하기 위해서 사력을 다했던 동서, 치료비에 도움을 주신 처남과 동서들, 그리고 고통과 슬픔과 승리의 기쁨을 함께했던 많은 분들에게 가슴 깊이 새겨진 고마움을 늦게나마 전한다.

# 아내의 폐결핵

　석현이가 어느 정도 안정을 찾아가던 1985년 우리에게 또 한 번의 시련이 왔다. 아내의 폐결핵이었다. 석현이 병간호 때문에 잘 먹지도 못하고 매주 병원을 함께 가면서 애와 씨름을 하더니만 몸에 무리가 간 것 같았다. 당시의 상황도 일기체 형식으로 기술해 본다.

### _1985년 6월 20일
　둘째 녀석이 태어날 때가 거의 다 되어서 아내와 같이 세브란스 병원에 갔다. 남산만 하게 부른 배를 검사하고 산모와 아기의 건강 진단도

　　　　　　　　　　사랑은 행동이다

한다.

의사의 호출이 있어서 함께 가봤더니 갈수록 첩첩산중이다. 또 한 번의 고통을 우리에게 가져다준다.

"애기 엄마의 건강 진단결과 폐결핵이 있습니다. 아기가 태어나면 태어난 아기와 엄마를 당분간 격리시켜야 합니다. 감염의 우려가 있으므로 당연히 모유를 먹일 수 없습니다."

그러면 백혈병으로 항암제를 투여 받고 있는 석현이는? 의사가 이야기를 듣고는 기가 막힌 지 한숨을 푹 내쉰다.

"당연히 격리해야 합니다. 백혈병 치료 도중에 환자가 폐결핵에 걸리게 되면 항암제 치료를 못하기 때문에 죽음을 뜻합니다."

아내와 집으로 돌아오는 길에 서로 한마디 말도 없었다. 나는 운전만 하고 아내는 창문 밖을 바라만 보았다.

집에 와서 집안 대청소를 했다. 락스를 듬뿍 풀어서 여기저기를 닦아냈다.

아내와 처음 사귀었던 6년 전이 생각났다. 대학 산악부 선후배로 만나서 결혼을 했고 시간이 나면 산에 다녔었고 다른 것은 몰라도 아내와 나는 건강만은 자신했었는데…

무엇이 잘못되었는지 자꾸만 꼬여 간다.

_1985년 6월 24일

다른 방법이 없었다. 아내와 상의하여 폐결핵 치료 도중에도 태어날 아기와 석현이 모두 한집에서 생활하기로 했다. 누구에게 맡길 곳도 마땅치 않았다. 따라서 다른 대안이 없었다.

맡긴다면 누가 백혈병 치료를 받는 석현이의 상태 변화를 엄마처럼 자세히 관찰하면서 항암제를 투약할 것인가? 갓 태어날 아기는 또 누구에게 맡길 것인가? 차라리 집에서 모든 어려움을 함께 공유하는 게 나을 것이라 판단했다.

아내가 잠시 손끝으로 눈물을 찍어냈지만 나는 담담했다.

"야, 인마! 죽는 병도 아니잖아! 그까짓 폐결핵 가지고 뭘 그래?"

내가 갑자기 호기를 부리면서 아내 어깨를 툭 쳤다. 그리고 삶과 죽음의 모든 미래를 우리는 하늘에 맡기기로 결정하였다.


_1985년 6월 28일

우리의 둘째 아들 제현이가 태어났다.

병원 간호사가 유리창 너머로 아기를 보여주는데 머리가 얼마나 큰지 완전히 대갈통 장군이다.

"잘 자라야 한다. 너희 엄마가 건강이 나빠서 우리 제현이 엄마 젖도 못 먹이게 되었는데 우유만 먹고 자라더라도 튼튼하게 자라야 해."

아기를 보면서 속으로 이야기하는데 코끝이 찡하게 울려온다.

사랑은 행동이다

_1985년 6월 29일

아내가 퇴원을 했다. 함께 퇴원 수속을 밟고 집으로 오는 길에 종로에 있는 약국에 들러 주사기와 스트렙토마이신 등 결핵약 그리고 수박도 큰 놈으로 한 덩어리를 샀다.

이제부터 결핵 주사약은 내가 아내에게 주사하기로 했다. 매일 병원에 가서 주사를 맞기에는 석현이 치료비 대느라 어려운 형편에서 비용과 시간이 만만치 않아서였다.

저녁에는 사가지고 온 수박을 깨끗이 씻은 다음에 간호원이 환자에게 주사하는 것을 본 대로 손바닥으로 수박을 탁탁 때리면서 엉덩이에 주사를 놓는 연습을 한 시간가량 했다. 간호사들이 하는 걸 볼 때는 쉬운 것 같았는데 연습을 해보니 만만치가 않다.


_1985년 6월 30일

새벽에 팬티를 내리고 엎드린 아내의 엉덩이를 한참 동안 쳐다봤다. 그리고는 몇 번 심호흡을 한 후 손바닥으로 엉덩이를 탁탁 때리면서 주사를 놓았다. 어제 연습을 많이 한 덕분인지 실수 없이 쉽게 되었다.

그렇지만 아직도 증류수 병 하나 자르는 것도 쉽지 않으니… 앞으로 여러 번 되풀이해 보면 잘되겠지 싶다.

## _1985년 7월 4일

유아 황달로 며칠 동안 세브란스 병원 인큐베이터에 있던 제현이를 퇴원수속을 하고는 조심스레 안고 나왔다. 이 녀석은 애비가 안고 나와도 무엇이 그렇게나 졸린지 계속 잠을 잔다.

승용차 뒤에 앉아서 기다리고 있던 아내가 핼쑥한 얼굴로 웃으면서 받아 안았다. 머리통이 얼마나 큰지, 저 큰 머리가 어디로 나왔는지 짐작이 잘 가지 않는다.

## _1985년 7월 8일

날마다 아내 엉덩이를 찰싹찰싹 때리면서 주사를 놓는다. 결혼해서 아내를 한 번도 때려보지 않았는데 요즈음은 매일 원 없이 때려준다. 합법적으로…

오늘은 아내가 주삿바늘 들어갈 때 엉덩이에 힘을 주었는지 주사 놓기를 두 번이나 실패했다. 덕분에 바늘이 들어가다 만 엉덩이에는 피가 살짝 비친다.

"엉덩이 힘 빼!"

강력한 카리스마를 발휘하여 큰소리치고는 중얼중얼 잔소리하는 아내 엉덩이를 인정사정없이 찰싹 때리며 주사를 놓았다.

"피휴."

그래도 주사 놓는 것이 며칠 사이에 초보자치고는 많이 발전했다.

사랑은 행동이다.

자주 집안을 락스로 깨끗이 청소하는 게 아침마다 하는 중요한 일과의 하나이다.

아침을 먹고 석현이를 데리고 세브란스 병원에 갔다. 벌써 1년이 넘게 거의 비슷한 치료가 매주 한 번씩 되풀이된다. 병원에 가서 피검사하고 암센터 가서 두어 시간 기다렸다가 피검사 결과 나온 후 의사가 호출하면 애 데리고 진찰실 가서 피검사 결과에 따라 조절해서 주는 항암제를 타오고…

그 약을 매일 먹인다. 이 항암제라는 것의 제일 큰 문제는 약을 먹고 나면 식욕을 떨어뜨려서 밥 한 공기 먹이는 데 기본이 한 시간이다. 그래서 아내는 평균 하루 3시간 이상을 석현이 밥 먹이는 데 보낸다.

간신히 밥을 다 먹이고 난 후 항암제 먹이고, 아내는 결핵 치료약을 먹고… 매일매일 우리 생활의 큰 부분을 차지하는 일이다.

그리고는 시간 날 때마다 퉁퉁 불은 젖을 짜서 버린 후 제현이는 우유 먹이고… 아내의 젖을 짤 때마다 아직 처녀 때의 탱탱함이 남아 있는 젖가슴을 실컷 주물러 보는 게 큰 즐거움이다.


### _1985년 7월 29일

한 달 동안의 아내 엉덩이 때리기가 끝이 났다.

주사를 안 맞게 되면 제현이도 젖을 먹일 수 있을 거라 생각했는데 아기에게 그동안 결핵 감염 우려와 항생제 주사로 인하여 젖을 빨리지 못하다 보니 내가 열심히 젖을 짜냈는데도 한 달 사이에 젖이 거의 말라 버렸다. 빈 젖을 억지로 물려 봤지만 제현이가 잘 빨려고 하질 않는다.

보들보들한 인조 젖꼭지의 우유 먹기에 길이 들었나 보다.

## _1985년 12월 29일

오늘로서 아내의 6개월간의 결핵 치료가 끝이 났다. 다행히 큰문제도 없었고 석현이에게도 별다른 감염 없이 치료가 종료되는 것만도 얼마나 다행인지 모르겠다.

제일 큰 문제는 그동안 회사가 주인 없이 운영되다 보니 적자가 계속 나서 생활비가 부족한 것이었지만, 앞으로 열심히 하면 좋아지겠지 싶다.

아내도 좋아지고 석현이의 치료도 어느 정도 마무리되어 가니, 더없이 행복했다. 우리 가족의 시련이 끝나는 줄 알았다. 하지만 그게 아니었다. 또 한 번의 모진 시련이 남아 있었다. 나의 위암이었다.

# 나의 위암 투병기

**_1986년 4월 25일**

뱃속이 약간 이상하게 느껴져서 세브란스 병원에 갔다. 특별히 아프진 않은데 간혹 위벽을 누군가가 손가락 같은 것으로 가볍게 건드리는 것 같은 느낌을 종종 받았는데, 그게 벌써 6개월이나 되었다.

그동안 운동을 너무 안 해서 그런가도 싶어서 매일 새벽이면 시흥 사거리 쪽에서 올라가는 삼성산을 한 시간 정도 등산했고 매일 새벽에 우유를 마셨더니만 괜찮아지는가 싶더니 그저께 새벽에는 가볍게 위벽을 건드리는 것 같은 느낌이 아주 강해졌다.

보름 전에는 집 근처의 내과의원에 갔었는데 의사가 특별한 이상은 발견되지 않는다며 약을 주어서 먹었는데도 상황이 조금 더 심각해진 느낌이라, 지난번 석현이 검사 및 치료약 받을 때 세브란스 병원 내과에 특진으로 검사를 신청했다.

내과의사는 배도 주물러 보며 진찰을 끝낸 후 별 탈이 없을 것으로 이야기하지만 석현이의 백혈병 치료를 받기 위해서 2년이 다 되도록 매주 한 번씩 암센터 출입을 하다 보니 노이로제에 걸렸는지 그냥 넘어가기가 신경이 쓰였다. 그래서 내시경 검사를 해달라고 의사에게 요청했다.

내가 그동안 병원에서 들은 이야기와 책에서 읽은 상식으로는 암은 초기에는 별로 아프지 않다가 심각해진 후에 많이 아프다는 걸 알고 있었기에 속이 많이 아프면 위염이나 위궤양으로 생각하겠는데 안 아프면서 부드러운 터치감이 느껴져서 괜히 걱정이 된다.

어떻게 생각해 보면 별것 아닌 것 가지고 너무 크게 생각하는 것 같고 또 정신적 스트레스일 것도 같지만 내시경을 해보면 마음이 편할 것 같다. 그래서 내시경 예약을 하고 왔다.

종합병원은 내시경 한 가지만 해도 병원 날짜 잡아서 예약하고 예약한 날 시간을 내서 병원에 가서 의사 만나서 신청하고 다시 내시경 검사하러 가고 검사 후 며칠 있다가 검사 결과 보러 가야 하고… 번거로운 것이 한두 가지가 아니었지만 정확한 진단을 받아보기로 했다.

_1986년 5월 6일

내시경을 했다. 처음 받아본 내시경이 얼마나 힘이 드는지 기다란 검사 장치가 입속으로 들어가는데 극심한 구역질과 함께 안면 근육이 심하게 경련을 일으키면서 눈물이 흘러내린다.

내시경 검사하는 도중에 의사가 두 명의 레지던트로 보이는 의사를 불러서 같이 보게 하면서 이야기하는 게 구역질이 나면서도 신경이 곤두선 귀를 울린다.

"라지 한 개, 옆으로 스몰."

그리고는 검사 장치를 이렇게 저렇게 돌리면서 한참 동안이나 검사한다. 내시경 검사가 끝난 후 며칠 후에 와서 검사 결과를 확인받으라고 하지만 내가 느낀 의사의 표정이 심상치 않다.

집으로 돌아오면서 나는 위암일 것이라고 확정 지었다. 우울함의 연속이 되풀이되니 내가 가진 모든 게 무너져 내리는 느낌이다.


_1986년 5월 10일

"보호자와 같이 안 왔습니까?"

"왜 그러시는데요?"

"위에 염증이 조금 있어서 바로 입원을 해야겠습니다."

"알겠습니다."

열심히 기록하는 의사의 차트에는 EGC로 나의 병명이 기록되어 있었다. 내 나름대로 알고 있는 상식을 총동원하여 EGC가 무엇인지 해석해 본다. E가 무슨 뜻인지는 잘 모르지만 GC는 Gastric Cancer의 약자일 것이다.

의사가 제대로 이야기를 안 해주지만 나는 내가 무슨 병인지 안다. 위암이다! 암이 아니라면 보호자는 왜 찾으며 아무 통증도 느끼지 않는데 왜 입원하라고 하겠는가?

우리 가정에 또 불행이 닥친 것이다. 죽음의 그림자는 교대로 우리 가족을 몰아댄다.

백혈병 치료를 받는 석현이는? 이제 서른도 되지 않은 아내는? 돌도 지나지 않은 막내는?

모두 생각해 보면 기가 막힌다. 차를 몰고 집으로 돌아오는 차 안에서 오만 가지 생각을 정리해 본다. 정말 대책이 없다. 나는 죽는다 하더라도 죄 없는 아내와 자식들이 불쌍했다.

그리고 살아온 삶을 정리해 봤다. 이제 불과 서른 남짓한 나이지만 그래도 착하게 살려고 노력해 왔다. 상냥하고 의지가 강한 아내와는 몇 년을 함께 살았던가? 이제 불과 6년째이다.

석현이를 살리기 위해서 함께 노력도 많이 했지. 정말로 그땐 백혈병과 열심히 싸웠다. 나도 이 정도면 조금 삶이 짧아서 그렇지, 크게 후회 없이 살았다 싶다.

예수님도 나와 비슷한 나이에 돌아가셨으니까…

그동안 남들에게 손가락질 받을 만큼 나쁘게 살지는 않았고… 내가 죽고 나면 아내는 불행한 기억을 잔뜩 끌어안고 재혼을 할 것이고, 아니 재혼을 안 하려고 하겠지만 억지로라도 내가 가게끔 해야지. 행복하게 해주지도 못했는데 젊디젊은 여자 혼자 살게 해서는 안 되지.

백혈병 앓는 석현이와 제현이는 대구 할머니 집에 보내고. 그런데 아내는 백혈병 치료받는 아이를 두고 쉽게 재혼할 수 있을까? 돌도 안 된 제현이는 괜히 석현이 골수이식에 대비한다고 낳은 건 아닌가? 아내에겐 집에 가서 뭐라고 말할까?

점점 머리가 복잡해지더니 앞이 희미해진다. 나도 모르게 눈물이 앞을 가려서 운전하기가 쉽지 않다.

땅거미가 질 무렵, 아파트에 도착했다. 자동차 안의 룸미러로 본 내 눈이 퉁퉁 부어서 집에 들어가기가 쉽지 않다. 며칠 전부터 석현이가 타던 자전거 타이어의 바람마개가 망가져 자전거를 못 탔던 것을 기억해 내고는 고물자전거가 잔뜩 쌓여 있는 아파트 뒤로 아주 천천히 어슬렁어슬렁 걸어갔다.

망가진 자전거에서 타이어 바람마개를 한 개 구한 후에도 내가 걸을 수 있는 속도로는 가장 천천히 걸어서 집에 올라갔다. 현관에 놓인 석현이 자전거에 타이어 바람마개를 끼우고는 집에 들어갔다.

"병원에 간 것은 괜찮았어요?"

"응."

아내가 묻고 내가 대답한다. 소파에 앉아서 상념에 잠겨 있는 나에게 제현이가 얼굴에 웃음을 띠고 입가에 침을 흘리면서 엉금엉금 기어서 다가온다. 제현이를 안고 그 눈망울을 자세히 쳐다보다가 감정이 북받쳐서 나도 모르게 울컥하고는 눈물이 흘러내린다.

제현이가 뭐라고 알아듣지도 못할 말을 중얼거리면서 내 얼굴에 흘러내리는 눈물을 그 작은 손바닥으로 연신 닦아주는데 눈물은 제현이의 작은 손으로 닦아내기엔 너무 많이 난다.

아내가 제현이의 중얼거림과 나의 행동을 이상하게 생각했는지 다가왔다. 아내를 끌어안았다.

"이 죄 많은 남편이 당신에게 또 이런 고통을 가져다주는구나."

눈물이 왜 그렇게도 많이 나오나? 말도 못하고 나를 쳐다보는 아내의 두 눈에도 눈물이 잔뜩 고였다. 아내는 내가 생각해 봐도 정말 역전의 용사이다.

어느새 마음을 추스르면서 용기를 내어 말한다.

"괜찮을 거야. 조기 위암이라니까… 희망을 가지고 다시 싸워 보는 거지, 뭐! 우리는 이런 고통을 감내하도록 예정되어 있었던 거야."

아내의 용기 있는 말 한마디에 다시 마음을 다잡아 본다.

**_1986년 5월 16일**

오늘이 부처님 오신 날이다. 아침 일찍 우리 가족과 광명에 사는 여동생 가족이랑 함께 강화도 전등사에 갔다. 아내가 대웅전에 들어가 한참 동안 부처님께 열심히 기도를 하는 동안, 나는 밖에서 대웅전 주위를 하릴없이 천천히 걸었다. 끝없이 절을 하는 아내의 소원이 무엇인지 느껴지는 게 그 뒷모습만 봐도 애처롭기 그지없다.

이제 내일은 내 차례가 되어서 병원에 입원이다. 또다시 건강한 모습으로 여기 올 수 있을까?

아내가 나보다 훨씬 커 보인다. 차분한 표정으로 나를 보면서 웃고 있는 걸 보면… 남편의 마음을 편안하게 해주려는 모습이 역력하다.

그래! 나도 힘을 내자. 아내가 저렇게 희망을 갖고 있고 또 세 살도 안 된 우리 석현이도 백혈병에서 살아났는데 이번엔 내가 이겨낼 차례지.


_1986년 5월 17일

세브란스 병원에 입원했다. 내과에서 외과로 담당 의사가 바뀌었다. 저녁부터 검사가 시작되었다.


_1986년 5월 18일

"아니 뭐가 있어? 어느 쪽에 있다고?"

위 조영 촬영기사가 알루미늄 현탁액을 맥주 컵으로 한 컵 가득 마시게 하고선 조영 촬영을 하고서는 암이 보이지 않는다고 내시경실로 전화하는 게 들린다. 몇 번이나 전화하고 찍어보기를 되풀이하다 보니 알루미늄 현탁액을 다섯 컵이 넘도록 마셨는데 얼마나 많이 마셨는지 배가 팅팅하게 부르다.

그리고는 나에게 전후좌우 위아래로 몸을 돌리도록 하며 온갖 체조를 다 시키면서 사진 찍기를 되풀이하더니만 간신히 암이 있는 부위를 찾아냈다.

"제가 그동안 오랫동안 여기서 근무했는데 이처럼 암이 작은 경우에는 대부분 완치됩니다. 너무 걱정 마세요."

촬영기사의 말 한마디가 구세주의 음성처럼 온화하게 들렸다.


_1986년 5월 19일

피검사와 간 기능검사, 엑스레이 그리고 몇 가지 이름 모를 검사를 받았다. 수술 전에 몸의 이상 유무를 체크하는 것이라고 한다.


_1986년 5월 20일

새벽에 의사가 오더니만 항문에 관장약을 주입한다. 전신마취를 하기 전에 뱃속을 깨끗이 비우기 위한 것이라 한다. 그리고는 콧구멍으로 고무호스를 끼우는데 중간에 호스가 걸리면서 제대로 끼워지지 않아서 몇 번이나 되풀이했다.

화장실을 몇 번 가서 뱃속을 비웠다. 수술시간을 기다리고 있는데

사랑은 행동이다

감기로 인한 것인지 갑자기 열이 나기 시작했다. 레지던트가 해열제를 급히 주사했다. 잠시 후 열이 내리자마자 수술실로 들어갔다.

아내가 손을 꼭 쥐고는 수술실 입구까지 따라왔다.

"걱정하지 말자. 그리고 우리 다시 건강한 모습으로 만나자."

아내와 무언의 약속으로 손을 힘 있게 꼭 쥐고는 손을 놓는다. 수술실에 들어가니 여러 명의 수술 담당 의사와 간호사들이 수술 전 조치를 취하기 시작했다.

"너 이 주사 맞아 봤니?"

레지던트로 보이는 의사 한 명이 옆에 있는 다른 동료 의사에게 하는 말이다.

"아니, 안 맞아 봤는데, 왜?"

"맞아 본 환자가 엄청 아프다고 하더라."

정말 문제가 많은 친구들이다. 의사라는 사람들이 암으로 수술받기 위해 누워 있는 환자에게 위로는 못할지라도 몸에 주사를 놓으면서 환자를 놀리고 있었던 것이다. 그런 실없는 말을 들으면서 누워 있는 도중 마취약이 몸에 들어갔는지 의식이 없어졌다.

의식이 깼을 때는 회복실에 나와 있었다. 흐릿한 의식 속에 벽에 걸린 시계를 봤더니 수술실에 들어가고부터 벌써 네 시간 남짓 지나 있었다. 수술 부위에 심한 통증이 주기적으로 오기 시작했다. 마취가 아직 덜 깼는지 의식은 계속 오락가락한다. 수술 침대가 흔들리는 느낌이 들어서 잠시 의식이 돌아왔다. 병실로 옮겨지고 있는 중이었다.

흐릿한 의식 속에 바로 위에서 근심스런 표정으로 내려다보는 아내 얼굴이 보였다.

"괜찮아?"

계속 의식이 들어갔다 나왔다 하는 바람에 대답도 못했다. 병실에서 다시 의식이 돌아온 것은 어둠이 창문 밖에 내리기 시작할 때였다. 대학 4년 동안 지극정성으로 돌보아 주셨던 외숙모께서 곁에 와 계셨고 친구 승범이가 와 있었다.

소변이 심하게 마려웠는데 6인실이라서 간병인까지 잔뜩 있는 병실에 누워서는 아무리 노력해도 소변이 나오지 않았다. 간호사에게 이야기했더니 걸을 수 있으면 화장실을 가도 상관이 없으니 다녀오란다. 억지로 침대에서 내려서 화장실에 가려니까 마취가 덜 풀린데다가 배가 너무 아파서 그대로 쓰러져 버릴 것 같았다.

승범이가 86킬로그램인 거구의 나를 간신히 부축해 화장실을 갔다 왔다. 수술하자마자 걸었더니 아랫배에서 극심한 통증이 왔다. 통증이 너무 심한데다가 마취가 안 풀려서 의식이 가물거렸다. 간호사가 와서 진통제를 놓아 주었고 나는 다시 깊은 잠에 빠져들었다.

_1986년 5월 21일

밤새 수술 부위의 통증에 시달렸다. 그래도 수술은 잘된 것 같았다.

사랑은 행동이다

모두들 표정이 밝았다. 바깥에서는 연세대와 세브란스의대에서 학생 시위를 하는지 최루탄 터지는 소리와 함께 매운 냄새가 병실을 파고든다. 최루탄 가스 냄새로 기침이 나오려고 한다.

기침을 하게 되면 안 그래도 견디기 힘든 수술 부위의 통증이 더 심해질 것 같아서 아내에게 수건을 적셔 달라고 해서 젖은 수건을 코에 대고 호흡을 했더니 조금 진정이 되었다.

오후에 병실을 2인실로 옮겼다. 복부 통증이 심한데다가 6인실의 병실이 너무 시끄러워서 더 힘이 들었는데 2인실로 옮기니까 그나마 조금 정신적으로 안정이 되었다. 장모님, 장인어른, 그리고 대구 누나가 찾아왔고 회사 동료와 친구들도 여러 명 찾아왔다.

우리 집의 연이은 병마로 인해 부모 형제 그리고 가까운 벗들에게 못할 짓을 하는 것 같아서 마음의 고통이 육체적 고통과 뒤섞여 나를 짓누른다.

코에는 수술 전에 삽입했던 기다란 코뚜레가 연결되어 있었고 옆구리에도 구멍을 뚫어서 가느다란 튜브를 연결해 두었는데, 수술한 후 뱃속에 남은 핏물이나 진물이 튜브를 따라 배출되도록 해놓았다.

통증이 너무 심해서 아내에게 이야기했더니 간호사가 와서 진통제를 주사해 주었다. 덕분에 잠시 숙면을 취할 수 있었다.

아침에 주치의가 오기 전에 레지던트가 와서 묻는다. "환자분은 자신의 병명이 뭔지 아세요?

"차트에 보니까 EGC라고 쓰여 있던데 얼리 게스트릭 캔서, 그러니까 위암 아닌가요?"

"병에 대해서 많이 아시는군요?"

"그게 아니고 동생이 의대를 다니고 있어서 전화해서 EGC가 뭔지 물어봤습니다."

"수술은 잘되었습니다. 암도 별로 크지 않았습니다. NODE TEST를 하는 중인데 세포 배양에 1주일 남짓 걸릴 겁니다. 노드 테스트 결과를 확인한 후에 치료 방법이 결정될 겁니다."

레지던트와 나눈 이야기였다.

조금 있으니까 간호사가 와서 걸을 수만 있으면 고통스럽더라도 병실 바깥 복도를 계속 걸어 다니라고 한다. 그래야만 뱃속의 창자와 다른 내장들이 빨리 제자리를 찾을 수 있다고 한다.


_1986년 5월 25일

수술한 지 이틀밖에 되지 않아서 고통이 심해 혼자 걷기가 쉽지 않았지만 간호사의 이야기를 듣고는 억지로 복도를 걷기 시작했다. 코뚜레와 링거병을 달고 옆구리에 호스와 핏물 주머니를 차고 어기적어기적 걷는 모습을 거울을 통해 보니 내가 봐도 가관이다.

체중이 하루에 평균 1킬로그램씩 줄어들고 있다. 수술하기 전에 86 킬로그램 나갔으니까 180센티미터 키에 몸무게가 상당히 많이 나갔다. 수술하고 며칠 사이에 벌써 4킬로그램이 줄어들었다.

### _1986년 5월 28일

체중이 계속 줄어든다. 79킬로그램으로 오랜만에 80킬로그램 미만이 되었다.

### _1986년 6월 5일

수술 후 17일 만에 처음으로 간호사가 삶은 달걀을 한 개 가져와서 아주 조금씩 꼭꼭 씹어서 천천히 먹으라고 하고는 갔다.

수술을 하고 처음 먹는 한 개의 달걀이 얼마나 맛이 있던지! 아주 천천히 그 맛을 음미하며 먹었다.

### _1986년 6월 7일

체중이 67킬로그램으로 줄어들었다. 병원에서 수술하고 18일 만에 19킬로그램이 줄어들었다. 살 빼려고 무던히도 노력했는데 위를 잘라 내니 너무 쉽게 체중 조절이 된다고 옆에서 병간호하는 아내에게 실없는 농담을 던져 본다.

과체중이었을 때 회사에서 일 때문에 시달리다가 집에 올 때쯤이면 일주일에 한두 번씩 견디기 쉽지 않은 두통이나 어지러움이 왔었다. 그 때마다 소파에 누워 한두 시간 잠을 청하고 나면 사라지곤 했었는데, 수술 후 체중이 감소되고 나니까 어느새 그런 증상이 나타나지 않는 것만 봐도 나에게 있어서 이번 수술은 인생에서 '새옹지마'라는 말처 럼 전화위복이 될지도 모르겠다는 생각이 든다.

### _1986년 6월 8일

여동생 내외가 제현이를 안고 병실에 들어왔다. 아기는 병실 출입이 안 된다는데 어떻게 해서 몰래 들어왔을까 싶다. 나를 보더니 코에 이 상한 걸 넣고 있어서 무서운가 보다. 고모부 팔에 안겨서 평소에 그렇 게도 좋아했던 아버지에게 가까이 오려고 생각을 안 한다. 조금은 서 운한 생각이 들었다.

아내가 제현이를 불러보라고 한다. 그래서 "제현아!" 하고 불러봤더 니 갑자기 제현이의 얼굴 표정과 행동이 이상해지더니만 나에게 오려 고 발버둥을 친다. 코뚜레를 한 아버지의 모습을 아버지로 인식하지 못하고 무서운 괴물처럼 인식하다가 아버지 목소리를 듣는 순간 익숙 지 않은 초췌한 내 모습에서 자기 아버지 모습을 찾아낸 것이었다. 다 시 만난 자식의 부드러운 몸을 품에 안으니 가슴 밑바닥까지 느껴지는 이 슬픔은 무엇 때문일까? 내 인생에서 무엇이 잘못되어 서른 남짓에 이토록 감당하기 힘든 일들이 한꺼번에 닥쳐오는지…

 못난 남편에게 시집온 바람에, 안양시장에 장바구니 들고 돌아다니다가 호떡 한 개 입에 물고서도 희희낙락하며 행복해 했던 소박한 아내에게 무슨 천형이 이렇게도 모질게 주어졌나 싶었다. 죄 많은 남편의 한스러움에 눈물이 흘렀다. 아내와 동생 부부가 눈물을 볼까봐 제현이의 작은 몸을 내 얼굴 위로 끌어당겨서 감추어 본다.


● 80년대 말에 MBC TV의 한 시간짜리 프로그램 〈건강백세〉에 우리 가족이 소개되었다. 백혈병과 위암 그리고 환자 병간호로 인하여 폐결핵까지 얻었다가 모두 건강을 되찾은 우리 가족의 쉽지 않은 생존 스토리가 병으로 고통 받는 많은 사람들에게 용기를 줄 거라는 담당 PD 선생님의 말씀이 아니었다면, 그때까지만 해도 수줍음 많던 내 성격으로는 절대로 출연에 응하지 않았을 것이다. TV 출연 후에 많은 분들이 격려도 해주셨고 또 많은 분들이 우리 가족으로 인하여 삶의 용기를 얻었다면서 전화를 해주셨다.